그 겨울,
바르샤바

영화와 함께한
60일간의
폴란드
여행

일러두기
이 도서는 한국출판문화산업진흥원의 '2019년 출판콘텐츠 창작 지원 사업'의 일환으로
국민체육진흥기금을 지원받아 제작되었습니다.
본문에 사용한 사진의 설명과 영화 스틸컷의 출처는 인포메이션에 명시하였습니다.

그 겨울, 바르샤바

초판 발행 2019년 11월 22일

지은이 이지예

펴낸이 이성용
책임편집 박의성 **책디자인** 책돼지

펴낸곳 빈티지하우스
주 소 서울시 마포구 양화로11길 46 504호(서교동, 남성빌딩)
전 화 02-355-2696 **팩 스** 02-6442-2696
이메일 vintagehouse_book@naver.com
등 록 제 2017-000161호 (2017년 6월 15일)

ISBN 979-11-89249-24-3 03810

그 겨울,
바르샤바

영화와 함께한
60일간의
폴란드
여행

이지예 지음

빈티지하우스
VINTAGE HOUSE

"이런 경우가 없는데……. 이렇게 개인적으로 영화를 빌려가는 일이 저희 기관에는 없어요."

담당자는 난처해했고, 그 난처한 눈빛에 나는 청천벽력을 맞은 것 같았다.

이곳은 Filmoteka Narodowa. 폴란드 영화의 데이터베이스를 제공하고 옛 영화들을 복원하며, 영화와 관련된 대중 강연과 교육을 진행하는 이 기관은 한국으로 치자면 서울 상암동에 있는 한국영상자료원과 비슷한 역할을 하는 곳이다. 오면 영화를 볼 수 있다는 답변을 철석같이 믿고 서울에서 바르샤바까지 갔으니 이대로 영화를 목전에 두고 물러설 수는 없는 일. 답변을 받았던 이메일을 보이며 내가 이 말을 믿고 이곳까지 왔다 하니 그제야 기억이 난 듯 '아!' 하더라. 기관 사정상 전례 없는 일을 하려니 책을 쓰려고 한다는 의도도 구구절절 설명해야 하고 다른 곳에서 상영하지 않고 개인적인 용도로만 DVD들을 사용하겠다는 각서도 쓰고 반납일도 받게 되었다.

덧대고 덧대어진 약속의 바탕에는 책을 쓰겠다는 내 말이 있었으니 정말이지 책임지고 원고를 완성해야 할 터. 과연 이런 일련의 에피소드가 없었다면 나는 책을 완성할 수 있었을까? 내가 나를 알거니와 다른 이와의 약속이 생기지 않았다면 세 번째 한숨을 쉬는 날, 그때쯤엔 그만 손을 놓아버렸을지도 모를 일이다.

그렇게 빌려다 본 영화들 중에서 여섯 편을 추려 이 책에 담았다. 폴란드의 영화와 전쟁과 비극과 갈등과 외로움과 사랑. 그리고 곳곳에 폴란드의 차가운 겨울 공기를 마시고 내뱉은 내 숨의 흔적을 남겼다. 폴란드라는 나라의 이름을 들었을 때 우리가 떠올리는 어렴풋한 비극의 이미지는 이미지가 아니라 사실인 것이 맞다. 그러나 그 지난한 시간 속에서도 자신들의 문화와 태도와 정신을 이어온 그들은 현재 상당한 여유와 행복을 누리고 있고 더욱 약동할 미래를 준비하고 있다. 여름이었다면 조금 다른 경험을 했을 테지만 내가 바르샤바에서 지냈던 12월에서 2월은 얼어붙을 듯 차갑게 내려앉은 공기와 둔통이 전해지는 눈 쌓인 바닥, 그리고 빛을 가린 무거운 구름을 오래토록 겪고 마지막에 아주 잠깐 봄의 기운을 느낄 수 있었던 시기였다. 그것이 묘하게도 고된 역사의 진통을 겪고 이제 막 기운을 차리기 시작한 폴란드 근현대사의 생김새와 닮아 체험이라고까지는 못 해도 고통스레 움츠렸다 깨어나는 변화를 아련하게 감각할 수는 있었다. 그리고 그 감각이 이 책을 쓰는 데에 가장 큰 도움이 되었다.

이 책이 이것을 읽는 사람들에게 무언가를 남길 수 있다면 나는 그것이 폴란드에 대한 정보이기보다는 심상이기를 바란다. 나는 이 책에서 폴란드의 모든 것을 말하지 않았고 그저 폴란드 영화 여섯 편과 바르샤바, 그리고 글을 쓰는 나 사이를 오고 가면서 이런저런 이야기를 써내려갔는데 영화를 빌어 한 말들은 나의 말이라기보다는 바르샤바의 겨울 속으로 걸어 들어간 한 이방인의 말이므로 내가 이 책에서 하는 말들은 그 겨울의 바르샤바가 나를 도구 삼아 자신이 하고 싶었던 이야기를 한 것이라 믿는다.

동유럽 여행을 마음먹은 사람이라도 아마 바르샤바까지 둘러보기에는 우회로가 길다고 여길 것이라 폴란드는 호기심이 일어도 막상 가기는 어려운 나라라는 것을 안다. 그래서 대신 이 책을 내민다. 고독과 애처로운 마음, 그 안에서 끝내 발현하는 인간의 따스함이 느껴지는 색다른 매력의 도시. 이 책이 그 도시의 적절한 분위기 파악서가 되기를 바라며 내심 좋은 건 콩 한 쪽도 나눠 먹는 심정으로 그 도시의 따뜻함과 인정을 직접 가서 겪어보는 분들이 많아졌으면 조금 더 좋겠다.

이 책의 첫 번째 독자이자 처음으로 나를 작가라고 불러주신 빈티지하우스 박의성 에디터 님의 세심한 배려와 인내, 그리고 이 책이 예쁘게 만들어지기까지 수고해주신 모든 손길에 감사한 마음을 전한다. 책에서 폴란드 및 동유럽 역사에 대해 기술한 부분은 오래전 대학에서 받은 가르침과 더불어 오래된생각에서 출판된 《폴란드 근현대사》와 〈New Eastern Europe〉 34호, 그리고 바르샤바민중봉기박물관(The Warsaw Rising Museum)에서 제공하는 자료에 빚지고 있다. 책을 쓰며 진 빚을 이야기하자면 아마 Filmoteka Narodowa 관계자 분들께 진 빚이 가장 크지 않을까 싶다. 낯선 이방인에 대한 그들의 신뢰 덕분에 이 책이 시작될 수 있었으므로 대여와 반납을 계기로 마주칠 때마다 보여주신 친절함과 환대, 그리고 사무실의 따뜻했던 라디에이터 훈기를 나는 아마 오랫동안 기억하게 될 것이다. 감사하다. 마지막으로 생존하는 일에 더딘 미련한 나를 괜찮다 해주는 동생에게, 나의 어른됨을 기다리고 계시는 부모님께 고맙다는 진심을 무심한 인사에 담아 건넨다.

빠르게 글씨를 써내려갈 때 키보드가 내는 탁탁 소리를 좋아한다. 계속 쓰고 싶다는 것은 개인적이고 진실한 소망이다.

2019년 10월
이지예

목차

영화 찬가

포피에라비 마을의 영화관의 역사 안 야쿱 콜스키, 1998

겨울의 바르샤바는 눈이 내린다. 자고 일어나면 눈이 내려 있고 낮 사이 다 녹지도 않은 땅 위에 밤사이 또 눈이 내린다. 색색의 건물 지붕에 눈이 쌓여 이국의 세계를 선물할 때, 누구도 걷지 않은 뒷마당의 소복한 눈을 탐내는 동안 역시 발이 빠른 것은 도시의 까마귀와 참새. 이 눈밭의 주인공은 나인가 싶어 설레면 귀엽게 삐죽한 갈퀴들이 총총거리며 지나간 흔적이 길게 뻗어 있다. 도시에 허락되는 유일한 고요와 평안. 눈 내린 아침.

사실 눈 내리는 풍경이 늘 이렇게 평화로운 것은 아니고 바르샤바의 눈은 바람과 함께 오는 일이 많아서 사람들은 털모자를 쓴 머리 위로 바람막이 모자까지 전투모처럼 눌러쓰고 발걸음을 빨리 한다. 미처 챙기지 못한 목도리를 급하게 사서 바람을 피하러 들어간 카페엔 철지난 크리스마스캐럴이 여전히 다정하고, 상큼한 히비스커스에 섞인 라즈베리 시럽이 따뜻하다. 눈발에 가려진 바르샤바의 심장. 유령처럼 굽어보는 문화과학궁전 앞으로 하얀 털모자를 눌러쓴 트램이 덜컹이며 지나가 도로는 다시금 정적에 휩싸이고, 그 순간 카페의 네모진 창밖에 나타난 훤칠한 청년이 달려, 이내 누군가의 손을 잡아 터지는 웃음에 입김이 허공으로 흩어지면!

아 이것은

바르샤바와 눈이 만난 현실의 비현실적 동화.

영화다.

아버지를 뒤이어 이야기는 살았고
그런 의미에서 아버지는 영원이 되었다.

〈빅 피쉬〉, 팀 버튼, 2003

영화에 관한 첫 기억들을 되짚어보자. 기억에 남는 최초의 영화는 〈죠스〉. 대여섯 살 때쯤이었을까? 그 시절 방송은 늘 주말 심야시간대에 더빙된 외화를 방영했고, 〈죠스〉도 아마 보다가 잘 셈으로 틀어놓은 영화였던 것 같다. 방은 어두컴컴한데 텔레비전에서는 상어가 피 묻은 이빨을 날카롭게 세우고서 물 밖으로 나왔다가 들어갔다가 나왔다가 들어갔다가……. 잠들면 그 벌건 상어가 집까지 찾아와서 다 잡아먹어버릴까 봐 영화가 끝나고도 한참을 잠 못 들고 뒤척였었다. 내가 공포 영화에 강한 데에는 다 이유가 있다. 첫 스릴러 경험이 그렇게 빡셌던 거다.

처음으로 극장에서 본 영화는 〈포레스트 검프〉. 봤다는 사실 외엔 아무 기억이 없다. 처음으로 타인의 취향과 괴리를 느끼게 해준 영화는 〈타이타닉〉. 사실 취향의 괴리라기보다는 그때의 내가 철을 모르고 천진난만했던 터라 잭이 바다로 가라앉을 때 친구들은 울었고 나는 스크린 불빛에 반사된 친구들의 우는 얼굴이 좀 이상하다는 딴생각을 하고 있었다. 어른들의 비극적인 사랑에 눈물을 흘리기엔 난 너무 늦게까지 〈미녀와 야수〉를 좋아했다.

〈노팅힐〉의 휴 그랜트, 그대 나의 첫사랑! 덕분에 처진 눈의 남자에 대한 환상을 버리지 못했으니 밀당을 모르는 금사빠인 죄로 숱한 헛물을 켜고 다닌 것의 8할은 휴 그랜트 책임이다. 처음 영화관에서 본 19금 영화는 〈연애의 목적〉. 처음 본 19금 영화는 뭐였나 생각해보니 시간이 생각보다 너무 멀리 거슬러 올라가는 것 같아서 노코멘트. 처음으로 영화를 보며 내가 참 한심한 인간이라는 것을 깨닫게 된 영화는 〈인사이드 르윈〉이었고, 다른 이의 서사 속에서 그가 아닌 '나'를 들여다보게 된 첫 영화는 루카 구아다니노 감독의 〈아이 엠 러브〉로 개인적인 영화 감상사(史)에 있어서 분기점이 된 영화였다.

이런 식으로 별칭을 붙여나가면 모든 영화에 주석을 달 수 있을 것 같다. 모든 사랑이 첫사랑이듯 모든 영화는 첫 영화이고

한 편의 영화를 보기 전의 세상과 본 후의 세상은 분명 다른 것
이니까.

•❦━❦•

그렇다면 인류의 첫 영화는? 움직이는 그림이라는 아이디어
를 실제로 스크린에 쏘아올린 사람은 누구였을까? 익히 아는 답
은 증기기관차가 달려오는 영상을 상영하는 바람에 스크린 속 현
실과 실제 현실을 구분하는 것이 아직 익숙하지 않은 사람들을
혼비백산하게 했던 뤼미에르 형제이지만, 1999년 폴란드 아
카데미상을 휩쓸며 작품상, 촬영상, 편집상, 음악상을 수상한 영
화 〈포피에라비 마을의 영화관의 역사(History of Cinema in
Popielawy)〉는 폴란드의 한 시골 마을에서 영화가 탄생했다는
믿거나 말거나 전설 같기도 하고 진실 같기도 한 영화의 창세기
를 이야기한다.

때는 바야흐로 19세기 중엽. 폴란드 중부에 위치한 도시 우치(Łódź)의 변방에 딸린 조그만 마을 포피에라비에 수려한 미남 대장장이가 살고 있었으니 그의 이름은 유제프 안드리슈엑. 앞 동네, 옆 동네, 동네방네 통틀어 가장 뛰어난 대장장이라지만 꿈꾸는 자의 외로움을 오롯이 짊어진 그는 보통 불행하지 않다. '하늘에 떠다니는 구름을 움직이는 그대로 담아낼 수는 없을까?' 사람들이 불경하다 부르는 꿈을 꾼 지 자그마치 6년. 그 긴 시간 밤낮없이 매달린 끝에 유제프는 드디어 영사기(Cinematograph)를 만들었다. 아직 ABC도 모를 것 같은 조그만 아들이 톱니를 돌리면 그것이 동력이 되어 벨트가 움직인다. 벨트가 움직이면서 물고기 방광을 사용해 만든 반투명 재질의 필름이 빠르게 돌아가고, 그에 따라 필름 위에 그려진 그림도 같이 재빠르게 지나가기 시작한다.

완성된 것처럼 보이지만 이것이 아직 완벽한 영사기가 될 수 없는 단 한 가지 결핍. 그것은 바로 빛이다. 필름을 통과해 그림자를 만들어 이미지를 허공에 비출 만큼의 강한 빛을 만들어 낼 길이 그에게는 없었던 것이다. 애석하게도 그때, 역사는 하필 1863년 1월에 이르러 폴란드에서는 봉기가 일어났고 유제프는 전장에 끌려 나갔다. 전장에서 한쪽 다리를 잃었지만 집을 기억하는 말 덕분에 간신히 포피에라비로 돌아온 유제프는 마을 언덕 위에서 자신의 손길을 기다리는 영사기를 바라보며 숨을 거둔다. 하지만 '지성이면 감천'이란 말은 폴란드의 하늘에도 통하는 것일까? 하늘에서 마법의 불꽃이 내려와 영사기에 불이 붙었고, 그 불빛이 허공에 아름다운 영상을 수놓아 유제프의 죽음을 애도했다. 이후 영사기가 발명되었다는 소식을 들은 뤼미에르 형제가 프랑스에서 찾아와 큰 값을 지불하고 기술을 사 갔으며 그렇게 사 간 기술로 증기기관차를 상영해 사람들을 깜짝 놀라게 했던 것이 오늘날 21세기 최고의 오락이자 예술인 영화에까지 이르렀으니 '보기에 심히 좋았더라'라는 이야기.

'지성이면 감천'이라는 말은 폴란드의 하늘에도 통하는 것일까?

마지막에 뤼미에르 형제를 등장시켜 설화를 역사로, 환상을 현상으로 탈바꿈시킨 이 영화는 서정적이고 전원적인, 풍경 자체로 시가 되는 폴란드의 농촌을 배경으로 한다. 19세기 중엽 영사기를 처음 발명한 유제프 1세의 이야기와 그 영사기가 20세기 말엽을 살아가는 그의 후손 유제프 5세와 6세에게 초래하는 갈등. 영화는 이렇게 두 가지 스토리를 한 편에 담고 있지만 각각의 시간에 외따로이 벌어진 두 사건을 페이드아웃이나 흑백필름을 사용해 이것은 현재이고 저것은 플래시백이라고 구별하지는 않았다. 그런 흔한 방법 대신 과거와 현재의 공통 소재를 시간의 매개체처럼 사용하여 넘나들거나 그도 아니면 예고도 없이 불규칙적으로 앵글을 바꿔 시간을 건너뛰어 버리는 등 다양한 방식의 시간 이동 연출을 선보인다. 그리고 그런 기지 넘치는 연출 때문에 보는 이는 환상과 현실과 과거와 현재를 오고 가며 정신없이 영상을 따라간 끝 길에서 어느새 포피에라비 마을에 그들이 정말 살았을 것이라 믿게 되고, 그렇게 보는 이의 믿음 속에서 환상은 현실이, 전설은 역사가 된다.

어느 도시를 방문하든 영화관에는 꼭 들러보려고 하는 편이다. 영화를 영화관에 가서 보는 이유는 모름지기 무너질 듯 커다란 스크린 앞에 앉아 서라운드 음향에 몸을 싣고—마치 기예르모 델 토로 감독의 〈셰이프 오브 워터: 사랑의 모양〉 마지막 장면에서 물고기를 닮은 괴생명체가 엘라이자를 안아 들고 물속에 뛰어들어 그 안에서 둘만의 사랑을 이루듯 일렁이는 이야기의 파도 속으로 뛰어들어 뭍의 일을 잊고자 하는 것이니 영화관은 아무래도 잊고자 하는 마음을 반영한 환상의 나래일수록 좋을 것이라는 것은 내 개인적인 선호도다. 그 어두컴컴한 방 안에서 좋은 영화를 한 편 경험하고 극장을 나서면 왠지 낮의 세상이건 밤의 세상이건 사랑스럽게 빛나 보이기도 하고 잠시나마 눈앞에 보이는 모든 것을 아끼게 되는 것이 영화를 보는 것과 사랑의 완성을 위해 물에 뛰어드는 행위는 일견 비슷한 데가 있는 것도 같다.

내가 그나마 잘 아는 유럽 국가는 오로지 영국뿐이라 나는 줄곧 바르샤바 아니면 런던 이야기를 하게 될 텐데 런던에서는 종종 20세기 초 벨 에포크 시절, 단아한 드레스를 입은 숙녀와 콧수염을 기른 신사가 드나들었을 것 같은 옛 극장을 영화관으로 개조해서 쓰고 있는 경우를 본다. 상업 영화관에서는 사실 찾아보기 어렵고 독립 영화관에서 더러 봤다. 영국의 경우에는 독립 영화관도 멀티플렉스 브랜드가 있어서 여러 지역에 직영을 두고 있는 것이 두어 라벨 정도 있고, 특이한 건 프랜차이즈 영화관이라면 모름지기 동일 브랜드의 영화관이라는 것을 강조하기 위해서 인테리어를 통일하기 마련일 것 같은데 여러 곳을 가봐도 인테리어를 통일하려고 했다는 의도가 읽히는 곳은 없었다. 브랜드가 특화된 곳이라기보다는 본래 공간이 특화된 느낌이었다.

바르샤바에는 '시네마시티'라고 하는 멀티플렉스 브랜드가 있다. 걸어 들어가다 멈칫하게 되는 것이 흡사 우주선 안으로 빨려 들어가는 기분이다. 우선 열다섯 개나 되는 상영관이 회랑처럼 긴 복도 하나에 늘어서 있기 때문에 공간이 세로로 무척 길다. 컬러는 진한 자줏빛과 푸른빛이 기본 팔레트이며 긴 직사각형의 자줏빛 네온이 넓게 차지한 천장 양 옆으로 파란색 광선이 자줏빛

널을 평행으로 따라잡고 있다. 바닥은 무척 광택이 나는 재질이라 사방의 자줏빛과 푸른빛이 반사되어서 바닥은 천장이 되고 천장은 바닥이 되고 거기에 선 나는 사방으로 쏘이는 빛 위에서 붕붕 떠다닌다. 현실인 듯 비현실인 듯 환상인 듯 현상인 듯, 그 공간은 영화의 메타포 그 자체였다.

◆❀◀❀◆

그래서 그 비현실인 듯 현실인 듯, 환상인 듯 현상 같다던 영화의 창세기 속 유제프의 영사기 기술이 뤼미에르 형제에게 팔려 그 돈으로 유제프의 성대한 장례식을 치를 수 있었으며 인류는 내킬 때마다 어두운 방 안에 다 같이 들어가 시간 여행을 떠나는 즐거움을 누리게 되었더라. 거기에서 이야기가 끝났으면 소소하지만 확실한 해피엔딩일 수 있었을 것을, 아쉽게도 유제프 1세의 영사기는 무려 200년이 지난 후 유제프 5세와 그의 아들 유제프 6세 사이에 심각한 갈등을 일으킨다.

영화에 깃든 신

1990년대 후반 어귀에 이른 어느 날, 200년 전부터 고이 모셔둔 영사기가 활활 불타 재가 되어버리는 비극이 발생했다. 유제프 5세를 사랑하던 동네 처녀가 자신을 받아주지 않는 남자에 대한 사랑의 복수로 영사기가 보관된 헛간에 불을 지른 것이었다. 이에 영화를 사랑하고 영사기를 아꼈던 아들 유제프 6세가 자기 손으로 직접 영사기를 다시 만들겠다고 한다. 그러자 과거 영사기에 온통 정신이 팔렸던 탓에 아내를 잃고 지금은 술에 절어 인생을 허비하고 있는 아버지 유제프 5세가 아들의 인생까지 망칠 수는 없다며 반대하고, 그 바람에 두 사람은 서로 보통 고집이 아닌 고집을 부리며 대치하게 되었다.

영화를 향한 유제프 6세의 사랑과 아들은 절대 자신처럼 살게 하지 않겠다는 유제프 5세의 단호한 부성애. 그 둘의 갈등이 최고조에 달한 어느 날 정신을 차리게 해주겠다고 추운 날 발가벗겨 찬물을 몇 통 들이부은 것이 그만 아들의 결핵을 불렀다. 병이 악화되어 다리를 절단해야 할 상황에까지 이르게 된 날 아버지는 유제프 가문 대대로 아이를 낳으면 데리고 가서 기도하는 곳, 과거 영사기 제작이 벽에 부딪힐 때마다 유제프 1세가 찾아가서 기도했던 세인트 로크 석상 앞에 서서 신에게 기도했고, 아들은 영화에게 기도했다.

"넌 영화를 믿어?"

유제프 6세는 친구와 함께 영화를 보다가 그렇게 물었다. 영화를 좋아한다고 말하면 이 사람은 분명 좋은 사람일 거라 무턱대고 믿어버리고, 관심 있던 사람이 알고 보니 영화 팬이면 관심은 곧 운명으로 탈바꿈을 하는 나에게도 이상한 질문이다. 영화를 봐야지, 왜 믿어? "넌 영화를 믿어? 신만큼 믿어, 아니면 신보다 더 믿어?" 유제프 6세는 자신이 영화를 신보다 더 믿는다고 했다. 그래서 괜찮다고, 영사기 발명은 머리로 하는 것이고 내가 자르는 것은 머리가 아닌 다리니까 괜찮다고. 곧 절단될 다리를 두고 이렇게 말하는 이 꼬맹이는 자기보다 영화를 더 사랑하기에 대범할 수 있었다.

　그리고는 기적이 일어났다. 유제프 6세가 영화에 대한 자신의 믿음을 고백할 때 친구와 함께 관람하고 있었던 영화. 그 영화의 주인공 소녀가 유제프의 꿈속에 나타나 볼에 입맞춤을 하고 방문을 닫고 나갔다. 방문이 닫히는 소리에 유제프 6세의 곁을 지키고 있던 아버지가 잠에서 깼다. 분명 유제프의 꿈속이었는데 아버지에게는 현실의 소리로 들렸던 영화 속 소녀. 끝을 알 수 없는 뫼비우스의 띠처럼, 시작과 끝이 없는 무차원의 세계이자 다차원의 세계인 에셔의 그림처럼 환상과 현실이 복잡하게 이어졌던 그때, 유제프의 다리는 "실수"처럼 나았다.

　누구였을까? 마치 '네 믿음이 너를 구원하리라'던 신의 응답처럼 유제프 6세의 다리를 낫게 해준 것은 영화였을까, 신이었을까? 답은 필요 없다. 〈포피에라비 마을의 영화관의 역사〉에서만큼은 신이 영화에 깃들어있고, 그래서 영화는 신이거나 신만큼 신성한 것이니까.

"넌 영화를 믿어?"

사실 영사기는 유제프 1세 혼자만의 작품이 아니었다. 발명의 숨은 공은 포피에라비 마을 어귀에 서 있는 세인트 로크 석상으로 형상화된 신에게 있었다. 몇백 년의 시간 동안 그 자리에 서서 사람들의 기도를 들었을 신이, 갓 태어난 아이를 석상 앞에 데리고 가 신에게 부탁하는 아버지의 사랑이 대물림되고 대물림되어 사랑이 사랑을 낳고, 그 사랑이 또 사랑을 낳는 광경을 목격한 신이 유제프 1세만큼이나 영화가 탄생하기를 간절히 바라고 있었다. 그는 영사기를 만드느라 고심이 많은 유제프 1세의 독특한 기도를 들어 아이디어가 막힐 때마다 때때로 답을 줬다. 유제프 1세가 아쉬움의 숨을 거둔 순간 결정적인 불빛을 하늘에서 내려준 것도 신이 아니었던가. 그는 영사기의 완성을 기다렸고 완성했다.

　워낙 유일신 종교라는 이미지가 강하니 기독교라는 말을 들으면 일제히 하나의 신에게 기도하는 이미지가 연상되겠지만 바르샤바 민족지학박물관에서 만난 폴란드의 기독교는 그런 판옵티콘 권력의 중앙 종교가 아니었다. 보다 자유롭고 개인적인 민

속 종교, 사실 종교라고 하기에도 왠지 멋쩍은 민중 신앙의 형태를 하고 있었다. 가정에서 깎아 만들었다는 나무조각 예수와 그럴듯한 이름만 붙인 것 아닌가 싶은 성자들의 조각을 보노라면 불현듯 머리가 크고 투박한 고려시대 석불입상이 연상되기도 하는 것이 그리 마구 깎아 내린 조각을 앞에 두고 세계 평화를, 인류의 구원을 염원했을 것 같지는 않고, 내 삶이 이리도 고통이라는 의미로 당신의 나라를 구하고, 배고파 보채는 아이의 울음을 들으며 일용할 양식을 구했을 테니 극동에 위치한 어느 작은 반도에서 하늘과 별과 달을 바랐던 사람들이 품었던 마음과 그들의 마음은 가슴 한복판에 내려앉은 묵직한 가난함이라는 점에서 크게 다를 바가 없었을 것도 같다. 그 기도를 들은 신이 영화의 탄생을 기다렸다고 이 영화는 전한다.

그리고 200년이 지난 지금에도 신은 여전히 영화에 관심이 많다. 신은 늘 영화를 보고 집에 돌아가는 아이에게 오늘은 무슨 영화를 봤느냐 묻는다. 옛적부터 신만이 행할 수 있다고 전해지는 기적, 이를 테면 유제프의 다리가 낫고, 얼어 죽었던 사람이 살아나고, 숲 속의 사슴들이 달려와 인간과 함께 영화를 보는 일들이 이 영화에서는 영화 때문에 벌어진다. 영화를 신보다 더 믿는다는 유제프 6세의 신앙고백이 이 영화에서만큼은 신성모독이 될 수 없는 것은 바로 이 때문이다.

어쩌면, 사랑

환상과 현실을 넘나든다는 점에서, 그리고 환상과 현실의 명쾌한 구분은 그리 중요하지 않다고, 중요한 것은 다른 데에 있다고 이야기한다는 점에서 〈포피에라비 마을의 영화관의 역사〉는 팀 버튼 감독의 〈빅 피쉬〉와 닮았다. (그 메시지를 아버지와 아들이 갈등하고 화해하는 플롯에 담아 전달한다는 점도 두 영화의 공통점이다.) 늘 말도 안 되는 환상 속의 이야기만 늘어놓는 아버지에게 아들은 이제 제발 거짓말 좀 그만하고 진짜 일어난 사실에 대해 말해달라고 재촉한다. 그런 아들에게 아버지는 자신이 하는 이야기들보다 더 사실인 것이 무엇이기에 사실을 말하라고 하는 거냐며 황당해한다.

숱한 이야기들 중에서도 아들이 유독 더 싫어하는 이야기, 아들이 태어나던 날 잡았다던 전설 속 거대한 물고기 이야기, 아들의 생일마다 아버지가 수없이 반복해서 이야기하는 통에 그날 태어난 것은 아들이지만 결국 주인공은 물고기를 잡았다는 아버지가 되고 마는 이야기. 아들은 그 이야기 대신에 자신이 태어난 날에 실제로 무슨 일이 벌어졌는지 진실을 듣고 싶어 했고 결국 그날의 진실을 아버지의 임종을 눈앞에 두고 다른 사람의 입을 통해 듣게 된다.

사실은 이랬다. 자식이 탄생하는 순간 아버지는 다른 일로 곁에 있지 못했다. 그게 미안해서 이야기를 지어냈고 그렇게 평생을 되풀이했다. 아들이 태어나던 때에 자신은 전설 속 거대한 물고기를 잡았다고. 결국 아버지의 말은 옳았던 거다. 어느 것이 아들이 찾던 진실에 더 가까운 것일까? '너의 탄생의 순간에 내가 없었단다'와 '너의 탄생의 순간 나는 세상 그 누구도 낚지 못했던 큰 물고기를 잡은 것 같았단다' 중에서.

기껏해야 100년 조금 넘은 일이라 누구나 다 아는 영화의 역사 위에 콜스키 감독은 굳이 왜 신화 같은 창세기를 덧붙였을까 생각해본다. 〈포피에라비 마을의 영화관의 역사〉는 유제프 1세부터 6세에 이르기까지 아버지가 아들에게 대물림한 사랑의 역사이자 영화를 사랑한 사랑의 역사이고, 그 안에 그 모두를 사랑한

결국 아버지의 말은 옳았던 거다.

신이 있었다. 무엇이 더 진실에 가까운 것일까? '19세기 말 프랑스의 어느 형제가 움직이는 이미지를 구현해 영화의 시작이 되었다'와 '폴란드 한 작은 마을의 대장장이가 신과 함께 움직이는 그림을 만들고 그를 사랑한 신이 영화를 통해 기적을 일으키기 시작했다' 중에서. 지구 46억 년의 역사라는 과학적 사실 위에 신이 6일 동안 말로 세상을 빚고 흙으로 사람을 빚었다는 이야기가 덧대어진 것이 인간에 대한 신의 사랑을 표현하기 위함이었다면 뤼미에르 형제의 발명이라는 역사적 사실 위에 포피에라비 마을의 전설을 더한 것은 영화는 사랑이 사랑하여 사랑하기 위해 만든 것이라 함을 표현하기 위한 것은 아닌지. 영화를 통해 해마다 숱하게 쏟아져 나오는 이야기들과 메시지들은 결국 우리가 우리를 사랑하기 때문에 되풀이된다는 것을 알려주는, 사실보다 더한 사실이 아닐는지.

　　1퍼센트의 기술과 99퍼센트의 사랑. 이것이 영화다.

두 발로 걷는 사람들이
네 발자국과 함께 사는 이야기

이 도시에서 앞으로 두 달을 살아야 한다고 생각하면 단순히 여행객의 마음으로만 돌아다닐 수는 없다. 어디에 가야 내가 필요로 하는 것들이 있는지 하나하나 시행착오를 거쳐 파악해가는 일은 내 바람과는 달리 훨씬 더디고, 익숙한 삶의 습관들을 새로운 공간에 쌓아 올려야 하는 과제는 역시 차분함과 평온함보다는 바쁨과 성급함을 안긴다.

한창 도시를 알아가던 초창기에 내 조급함 잔뜩 섞인 걸음을 유일하게 붙잡은 것이 있었으니 그것은 다름 아닌 바르샤바의 강아지들! 바르샤바는 한눈에도 반려견을 기르는 인구가 눈에 띄게 많은 곳이다. 익숙한 강아지들부터 난생 처음 보는, '너는 정말이지 이국의 개가 맞구나!' 싶게 코가 길고 털을 커튼처럼 늘어뜨린 다양한 강아지들이 도시 이곳저곳에서 주인과 산책하고 있는 모습을 일상처럼 봤다. 무슨 냄새에 꽂혔는지 화단에서 코를 떼지 못하고 킁킁대는 강아지와 그것을 다 기다려주는 털모자 쓴 주인의 평화로운 풍경이나 네 발 지팡이에 의지한 힘겨운 노인과 그 옆을 천천히 따라가는 그 노인만큼 늙은 개의 사랑스러운 풍경. 그런 환한 빛 같은 일들이 매일같이 반복되는 도시였다.

바르샤바는 식당이나 카페에도 반려견이 들어갈 수 있어서 식당에서 밥을 먹고 있노라면 견주와 개가 자연스럽게 들어와 견주는 식사를 하고 개는 바닥에 드러누워 한숨 자다가 나간다. 집 앞에 있던 그 세이렌의 카페에도 동네 주민으로 보이는 청년과 한 살이 채 안 되어 보이는 발랄한 사모예드 한 마리가 살랑살랑 꼬리를 흔들며 커피를 사러 왔다가 또 살랑살랑 꼬리를 흔들며 돌아가곤 했다.

마트처럼 상품이 진열대에 놓여 있는 가게들은 거의 유일하게 반려견 출입이 허용되지 않는 곳이다. 호기심에 강아지들이 물건을 건드리면 견주도 난처하고 가게 주인도 난감한 일이 될 것 같아 그런 모양인데 그 덕분에 종종 또 하나의 진풍경을 보게 되는 것이니 이따금씩 보면 마트 앞에 차분하게 앉아 주인을 기다리고 있는 개들이 더러 있다. 기다리는 강아지 중에 따로 줄을 묶어놓은 경우는 본 적이 없다. 줄을 매놓지 않아도, 행인들이 아무리 귀엽다고 쳐다보고 관심을 줘도 꼿꼿이 앉아 고개를 들고 주인을 기다리는 그 단호함이라니! 다른 손님들이 들고 나는 통에 가게 문이 열리고 닫힐 때마다 잽싸게 들어가 볼 법도 한데 기다리라는 자리에 앉아서 기다리고 있는 것을 보면 여간 어른스러운 게 아니었다. 그러다 견주가 나타나면 한껏 반갑게 뛰어오르는 강아지다운 천진난만함. 낯모르는 강아지의 인사가 유독 반가운 나는 꿀이 뚝뚝 떨어지는 연인의 모습보다도 그런 장면 앞에서 외로워지곤 했다.

겨울의 바르샤바를 지나오면서 딱 두 번 그 많은 바르샤바의 강아지들을 한자리에서 볼 기회가 있었다. 첫 번째는 크리스마스였고, 두 번째는 가톨릭 절기로는 '에피파니(Epiphany)', 대중적으로는 '세 왕의 날'이라 불리는 1월 6일이었다. '세 왕의 날'이 우리로서는 생소한 날인데 사실 우리뿐만 아니라 세계 여러 나라 중에서도 거의 유일하게 폴란드에서만 그리 성대하게 기념하는 것이라고 들었다.

'세 왕의 날'에서 세 왕이란 우리나라에서 말하는 '동방박사'이고, 왜 우리에게는 동방의 박사들인 그 사람들이 폴란드에서는 왕으로 불리고 있는지는 모를 일이지만 어쨌든 '세 왕'이라는 타이틀에 걸맞게 그날은 거리에 나온 모든 사람들이 하나도 빠짐없이 종이 왕관을 쓰고 돌아다닌다. 길에는 옛 시대극 의상을 입은 사람들이 간이 무대를 설치해놓고 연극을 하는데 거리는 크리스마스 때보다도 활기찼다. 하지만 아쉽게도 이날은 크리스마스 시즌의 공식적인 마지막 날. 오늘까지만 놀고 그만 놀자는 의지를 바르샤바의 사람들은 그리 즐겁게 다지고 있었다.

그 두 날에, 어머니가 아이의 손을 잡고 아버지가 아이를 무
등 태워 걷는 그날에, 그 가족 단위 행렬에 반려견들도 같이 나와
서 함께 걷고 있었고, 두 발로 걷는 사람들 사이로 보이는 그 올
망졸망한 네 개의 발걸음들 때문에 바람 부는 바르샤바의 온도는
더 높아졌다. 인파를 거슬러 일찍 집으로 돌아가는 길, 저만치 앞
에 큼지막한 덩치의 세인트버나드가 앉아 있었고, 그 앞에 커다
란 덩치 때문인지 선뜻 다가가지 못하는 다섯 살 남짓한 꼬마가
서서 만져봐도 되냐고 주인에게 묻고 있었다. 괜찮다며 주인이
웃고, 그런 주인을 따라 세인트버나드가 웃고, 그 뒤로 왕관을 쓴
수많은 사람들이 길을 따라 내려오고 있었다. 바르샤바의 크리스
마스는 그렇게 저물어 막이 내렸다.

남겨진 사람들

베네치아 얀 야쿱 콜스키, 2010

1939년.

　9월 1일. 독일 전투기가 떼를 지어 폴란드의 하늘을 가로질렀다. 2차 세계대전의 시작. 비극의 완성을 위해 20년 만에 다시 찾아온 전쟁. 독일 군대는 폴란드의 육지로, 해상으로, 그리고 영공으로 전면 침투했다. 절대 손을 잡을 수 없을 것 같았던 독일과 소련이 상호불가침 조약을 맺어 서유럽 국가들의 어안을 벙벙하게 만들었지만 그 조약에는 그보다 더한 것이 있었으니. 당시 그들은 폴란드 분할 점령을 약속한 후 비공개 조항에 넣어 둘만 아는 비밀에 부치고 서명했다. 그렇게 독일이 첫발. 이어 같은 달 17일에 소련

이 다른 한 발을 내딛었다.

9월 3일. 화들짝 놀란 프랑스와 영국이 독일에 대항해 전쟁을 선포하고 폴란드와 연합하기로 했으나 폴란드에 대한 직접적인 병력 지원은 제로, 그들은 독일 서부 전선에 막대한 전투력을 투입해 일단 자국 국경을 막는 일에 만전을 기했다. 폴란드는 서쪽에서 밀고 들어오는 독일과 동쪽에서 밀고 들어오는 소련 사이에서 고독하고 처절하게 싸웠다.

예상된 패배. 조약의 두 당사자가 사이좋게 폴란드를 나눠가진 9월 28일 이래로 1945년 9월 전쟁이 끝날 때까지 폴란드 하늘 아래에는 공포와 굶주림과 폭력과 죽음이 만연했다.

폴란드는 2차 세계대전 기간 동안 인구 대비 가장 많은 사상자 수로 기록된 나라다.

우리는 전쟁에 들어섰습니다.
이제 국가의 모든 수고와 노력을
한곳에 쏟아야 할 것입니다.
한 가지 목표―이길 때까지 싸우는 것,
그것만 생각해야 할 것입니다.
우리 모두가 군인입니다.
〈베네치아〉, 얀 야쿱 콜스키, 2010

하늘은 높은데 구름이 낮아서 연을 날리면 날아가 구름에 걸릴 것 같은, 일부러 잡아당기면 연에 구름이 딸려 내려와 줄 것 같은 스코틀랜드 하늘 아래로 그보다 살짝 짙은 색의 푸른 바다가 끝을 모르게 펼쳐져 있었다. 아찔할 법한 절벽 위에 서 있어도 의연할 수 있는 것은 확실히 자연의 아름다움이 주는 낭만의 대범함 때문이다. 그렇지, 연을 날리기보다는 내가 연이 되어 날아갈 것 같았던, 그 청쾌한 언덕에 서서 바다를 등지고 뒤를 돌아보니 쨍한 햇살 아래 왕관처럼 솟은 거대한 석조물이 웅장하게 서 있었다. 아마 저 먼 옛날 벌어졌던 힘든 전투에서 무척 크게 승리한 모양이라고 가까이에 가서 들여다봤는데 그것은 승리를 기념하는 것이 아닌 죽음을 기리는 위령탑이었다.

커다란 돌비석 가득 빼곡하게 적혀 있는 작은 글씨의 이름들은 그 마을에서 차출되어 1차 세계대전에 참전했다가 죽은 전사자들의 이름이었다. 그리고 이런 글귀가 굳건하게 박혀 있었다: "한 사람, 한 사람이 죽어가는 일이 그들에게는 고통이었다. 그러나 그들은 좌절을 거부하고 희망 없는 얼굴에서 웃음을 피웠다." 실제로 영국의 지방을 여행하다 보면 이렇게 한적하고 눈에 잘 띄는 곳에 의외의 건축물이 서 있는 것을 보게 된다. 그럴 때는 그것이 그 마을의 1차 세계대전 전사자를 기리는 위령탑일 가능성이 꽤 높다. 왜 콕 집어 1차 세계대전의 전사자냐고 묻는다면 양차 대전이 모두 비극인 것은 사실이나 서유럽이 더 각별하게 기억하는 것은 1차 세계대전이어서 그렇다고 대답하는 게 맞을 것 같다.

영국의 경우에는 1918년 1차 세계대전이 끝난 날을 기려 해마다 11월 11일을 영령 기념일로 지킨다. 그날이 되면 붉은 양귀비가 런던탑 뜰을 수놓고 옷깃의 코사지로 사람들의 가슴팍마다 붉게 살아 숨 쉰다. 그들은 그렇게 100여 년 전, 유사 이래 처음 겪는 강력한 쇠와 쇠의 격돌에 참전하여 인간으로 전사한 군인들을 추모한다.

이 기간이 주는 특별함은 크리스마스와는 다른 의미로 크리스마스만큼 특별해서 국가 단위의 추모 행사 이외에도 전국 곳곳에서 나름의 규모와 방식대로 추모가 진행되는데, 실제로 다니던 학교에서는 유럽 각국의 언어로 시를 낭송하는 공연을 열었다. 아시아에서 온 나는 그 공연을 보며 이 유럽 대륙에는 나란 사람이 발 디딜 곳이 없다는 것, 나는 이곳에서 철저히 이방인일 수밖에 없다는 것을 확신하게 되었으니 세계대전이란 확실히 고통의 기억임과 동시에 유럽 대륙의 고유한 유대의 기억인 모양이다.

◆━◦◉◦━◆

여기까지는 서유럽의 이야기이고 폴란드를 비롯한 중부유럽 국가들의 경우에는 서유럽과 상황이 다르다. 그들에게는 양차대전 중 후자가 조금 더 참혹한 기억이다. 참상의 규모에 큰 차이가 있는 것은 아닌데 각 전쟁이 중부 유럽 땅에 가져다 준 결과가 달라서 그러하다. 폴란드 이야기만 해보면, 1차 세계대전이 진행 중이던 1917년, 당시 중부 유럽을 차지하고 있던 세력인 러시아에서 볼셰비키 혁명이 일어났다. 러시아가 갑작스럽게 빠져나간 자리에는 힘의 공백이 생겼고 한창 전쟁 중이었기 때문에 적을 늘리는 것보다는 아군의 수를 늘리는 것이 좋겠다고 판단한 여러 유럽 국가들이 여기저기서 폴란드의 독립을 약속했다. 그 전까지는 역사에서 자기 목소리를 낼 수 있는 주체로서 대우받지 못했던 폴란드, 그리고 체코슬로바키아, 우크라이나 등의 중부 유럽 국가들도 이때, 그러니까 1차 세계대전이 끝나고 나서 독립했다.

이전에는 그 누구도 이들의 주권과 이익에 대해 관심이 없었으므로 1차 세계대전이 없었다면 이 나라들은 어쩌면, 적어도 그 시기에는 독립국가로 탄생할 수 없었을지도 모를 일이다. 이렇게

1차 세계대전이 독립국가 폴란드의 건설로 귀결된 반면 2차 세계대전의 경우에는 전쟁이 또 다른 예속—소련의 점령—으로 귀결되었고 이후로도 소위 동구권 나라들이 걸었던 모진 역사가 계속되었다.

이런 사연을 생각하면 양차 대전을 기억하는 폴란드 사람들의 온도차를 이해할만하다. 1차 세계대전과 관련해서는 어쨌든 피의 대가로 독립을 얻어 공화국을 건설할 수 있었으니 참혹함 대신 민족의식을 고취시킬만한 영웅담을 중점적으로 소개하는 것이 신생독립국의 안정과 화합에 좋았을 것이고, 2차 세계대전의 경우에는 양쪽으로 얻어터지고도 또 점령을 당했으니 꿈틀할 때마다 씨를 말리려 했던 적의 사악함에 맞서 끝끝내 포기하지 않았으나 결국 짓밟혔다는 서사—그러한 악의 없던 순수한 피해자로서의 역사—가 민족 정체성을 고취하는 또 다른 방법이 되었을 것이다.

유럽 전체의 시각에서 봤을 때 1차 세계대전 이후 유럽은 망가졌다. 전쟁 때는 일단 있는 것 없는 것 정신없이 다 쏟았기 때문에 국가에 따라 정도의 차이는 있었겠지만 대부분 가난에 시달렸다. 황량해진 빈 터에서 미래를 저당 잡아 빌려 쓴 것도 갚고 삶의 터전도 새로 세워야 했다.

이렇게 약해질 대로 약해진 유럽이 독일과 러시아에서는 전체주의가 등장하기에 좋은 토양이 되었다. 독일과 러시아의 눈에는 민주주의와 자유주의를 구가하는 서부 유럽 정치 모델이 전혀 효율적이지 않았다. 의논과 격론의 여지, 누군가 반대표를 던질 여지를 주는 것이 그들에게는 마뜩치 않았던 모양이다. 인간이든 자원이든 강력한 손 하나가 꽉 쥐어 틀고 있는 편이 효율적이었다. 그게 나치와 볼셰비키의 생각이었다. 그리고 그들은 그것이 인류를 구원하는 방법이라고 생각했다. 일점일획의 엇나감도 가지치기 해버리는 티끌 하나 없이 완벽한 세상. 그 일점일획을 다 잘라내기 위해 위대한 게르만족이 나섰고 폴란드는 그들의 거창

한 역사적 사명 아래 희생된 것이었다.

그렇다고 폴란드에 주둔한 나치 점령군의 통치 또한 그토록 일점일획도 없이 균일했느냐 묻는다면 그건 또 다른 문제다. 폴란드 민중의 생활과 맞닿아 있는 나치의 통치 규칙은 그들의 군홧발 소리만큼 똑떨어지는 것이 아니어서 같은 죄를 저지르고도 누구는 그 자리에서 죽을 수도 있었고 누구는 강제수용소로 보내질 수 있었으며 누군가는 운 좋게 넘어갈 수도 있었다. 제대로 된 법제는 없는데 독일 점령군에게는 즉결처분권이 있었으니 눈에 거슬리는 죄의 값은 다 죽음이었다.

이러다가도 죽고 저러다가도 죽을 수 있다면 진짜 죽기 전까지는 죽는 것도, 그렇다고 사는 것도 아니었을 거다. 전선에 나간 사람도 지옥, 갑작스레 끌려가 강제 노동을 하게 된 사람들도 지옥, 운 좋게 고향에 발붙이고 산다고 해도 지옥. 그렇게 꼬박 6년을 살았다.

생존자의 육성으로 들은 당시 전쟁의 기억은 생각보다 드라마틱하지 않아서 더 서늘한 것이었다. 100세를 앞둔 영국의 한 할머니는 1차 세계대전 때 사촌 오빠와 친오빠가 다 전쟁에 나갔다고 했다. 오빠는 살아서 돌아왔고 전투기를 조종했다던 사촌 오빠는 그 길로 소식도 없이 사라졌다고 했다. 어떻게 된 거냐고 여쭤보니 죽었을 거라며 죽는 거 외에 무슨 다른 일이 있었겠냐는 듯이 어깨를 으쓱해 보이셨다.

할머니 본인은 전쟁 기간에 런던에서 일을 하고 있었는데 폭탄이 공장에 떨어져서 공장 건물 반이 그 자리에서 사라졌다고 했다. 자기는 이편에 앉아서 살았고 저편에 앉았던 동료들은 다 죽었다. 그 시절을 어떻게 사셨냐고 했더니 어깨만 으쓱. 맞다. 우문엔 부답이다. 살고 싶어 살 수 있고 죽고 싶어 죽을 수 있는, 그런 선택권이 있는 인간이 아니었던 시절이었을 테니까. 포탄에 무너지는 건물들이 이유가 있어서 무너지는 게 아니듯 전쟁 이후의 세상을 누군가는 보게 된 것도, 누군가는 보지 못하게 된 것도 별다른 이유가 없었을 것이다.

애석한 것은 그렇다고 하여 인간이 정말 인간이 아닌 다른 어떤 '것'이 되지는 못한다는 것. 혼란과 공포와 충격과 경악을, 굶주림과 죽음과 두려움과 불신을 인간으로서 다 감내해야 했다는 것. 차라리 인간이 아니었더라면 덜 끔찍한 시기였을 것이다.

✦❖✦❖✦

나치의 횡포가 너무 잔악해서였을 수도 있고, 실제로 전쟁 사상자 수가 너무 많았던 데다가 유례없이 도시가 초토화되는 것을 목격한 경험 때문일 수도 있고, 전쟁의 귀결이 또 다른 예속으로 이어져서일 수도 있고—아마 이유는 복합적이겠지만 결론부터 얘기하면 폴란드 전쟁 영화의 서사에는 희망의 빛이 한 줄기도 없다. 그 어떤 희망의 싹도 남겨두지 않는다. 지평선 너머 여명이 찾아오고 주인공들이 빛을 향해 몸을 돌리며 엔딩 크레딧이 올라가는 그런 영화, 영화관을 나설 때만이라도 관객들의 마음을 편하게 돌려보내는 서사를 정말이지 찾을 수가 없었다. 〈재와 다이아몬드〉(안제이 바이다, 1958), 〈사랑받는 방법〉(보이체크 하스, 1963), 〈행복한 아포니아〉(얀 야쿱 콜스키, 2009), 〈조안나〉(펠릭스 팔크, 2010), 그리고 자세히 이야기하고 싶은 〈베네치아〉까지 모두 주인공들이 바랐던 삶의 작은 희망이나 소망, 아니 그저 최소한의 작은 바람들마저도 무참히 짓밟히는 서사로 이루어져 있다. 스크린 밖에서 제삼자로서 보고 있는 사람의 손과 발까지 로프로 꽁꽁 묶어 저 깊은 나락으로 내던지는, 그런 영화들이다.

폴란드 전쟁 영화의 서사에는

희망의 빛이 한 줄기도 없다.

콜스키 감독의 영화가 대개 그러하듯 〈베네치아(Venice)〉
또한 중심 서사를 부각시키기보다는 여러 인물의 일상을 있는 그
대로 보여주는 편이다. 아름다운 자연이 흐르고, 때로는 한 폭의
바로크 그림 같아서 이 세상보다는 저 세상의 것 같은 아름다움
이 스크린을 채우고, 환상과 영혼 같은 초현실적인 요소가 자꾸
등장해도 그의 영화를 보다 보면 어느새 허구가 아닌 사실로 받
아들이고 있는 나를 발견하게 되는 것은 그의 독특한 내러티브
스타일 때문일 것이다.

그는 시간을 편집하지 않는다. 덩어리 빵을 한 움큼 떼어내어
건네듯 무한정의 시간 중에서 일정 기간을 뭉텅이로 무심하게 툭
떼어 보여준다. 논리적으로 비는 부분이 있더라도 그가 보여주지
않기로 한 시간에 대해서는 말해주지 않는다. 전후 관계에 대한
단서나 설명이 없다. 모든 것이 다 설명되지 않아도 그냥 흘러가
는 우리의 일상과 비슷하다.

그래서 그가 〈베네치아〉를 통해 그리는 전쟁도 일상이다. 폴란드 이 도시, 저 도시에 흩어져 살던 가족들이 전쟁이 일어나는 바람에 숲속 깊숙한 곳에 있는 옛 집, 전쟁으로부터 "멀고 안전한" 곳에 모이게 되었다. 할머니와 네 자매, 그리고 그들의 아이들. 전쟁이 일어나도 강아지는 새끼를 낳고 아이들은 어설픈 사랑에 빠지고 네 자매는 전쟁 탓에 사랑다운 사랑을 할 수 없는 자신들의 처지를 애석해한다.

·•—◦◦◦—•·

　　주인공 소년 마렉은 이들이 반가운 마음이지만 그래도 그가 있고 싶은 곳은 이곳이 아니다. 마렉은 이탈리아의 베네치아로 가고 싶었다. 가본 적도 없는 베네치아의 지도를 마렉은 전부 외우고 있다. 직접 만든 베네치아 모형에 올라서서 산마르코 광장을 걷다가 곤돌라를 타본다. 엄마, 아빠, 형과 함께 그곳에서 살고 싶었지만 전쟁은 그런 꿈을 앗아가 버려서 어머니는 백십자로 전쟁터에, 아버지는 군인으로 전쟁터에 나갔다. 전투에 참여했다가 공습 때 도망 나온 형은 "이건 진짜 전쟁"이라며 어딘가 잔뜩 화가 나 있다. 오래된 옛 집에는 어디서 물이 흘러 들어오는 건지 지하실에 점점 물이 차는데 마렉은 아무도 없는 그곳에 서서 "여기에 있기 싫다"며 울먹인다. 아무래도 베네치아가 아니고서야 마렉의 울음을 달랠 길은 없을 것 같다.

그러던 중, 햇살이 따뜻하던 어느 날, 마렉은 말이 끄는 달구지에 누워 덜컹이며 시골길을 가다가 다른 곳으로 이동하는 폴란드 병사들의 행렬과 나란히 하게 된다. 때마침 시작된 독일군의 공습. 주로 1인칭 주인공 시점을 구사하던 감독은 이때만큼은 예외로 전투기에서 폴란드 군인들을 조준하는 독일 병사의 표정을 정면에서 보여준다. 얼굴에 드러난 그의 사악한 유쾌함에 보는 이의 분노는 배가 되고 폴란드 병사들의 행렬은 마렉의 눈앞에서 구멍 난 쌀 포대가 쌀을 쏟듯 피를 쏟고 전멸한다. 극적일 여유도 없이 순식간에 시작되어 놀랄 틈도 없이 끝난 공습과 짧은 순간에 소멸한 사람들. 마렉은 그 충격에 다시 물 찬 지하실로 내려가 "여기에 있기 싫다"며 울먹인다.

그때였다. 지하실에 햇살이 비쳤고, 그 햇살에 물결이 반짝였고, 반짝여 마렉의 눈물이 그쳤다. 잔잔한 물 위에 비치는 따뜻한 햇살. 그곳은 베네치아였다. 마렉은 그곳에 자신의 베네치아를 만들고 자신은 즐거운 곤돌라 사공이 되었다.

가고 싶지만 갈 수 없어서, 틈 없이 **빽빽하게** 조이는 전쟁의 공포를 외면하면서 발견한 공간이기 때문에 이 조그만 소년이 이곳을 베네치아라고 주장하면 주장할수록, 즐거워하면 즐거워할수록, 이곳은 결국 그곳이 아니므로 더욱 슬퍼지게 되는데 그래도 이곳을 그곳이라고 여기며 더 이상 울먹이지 않으니 보는 사람으로써는 '그럼 됐다' 한시름이 놓인다.

◦─◈─◦

전쟁 영화치고는 사치다 싶을 만큼 평화로운 광경들이 이어진다. 전쟁과는 먼 듯 조용한 숲에 둘러싸인 화려한 저택 지하에는 곤돌라와 와인, 바이올린과 피아노, 멋진 드레스와 카니발 마스크가 어우러진 아름다운 베네치아가 있다. 네 자매의 불평은

잔잔한 물 위에 비치는 따뜻한 햇살. 그곳은 베네치아였다.

약혼식을 올리자마자 약혼자가 전쟁터에 나갔다는 것, 남자들이 사라졌으니 우리는 보통의 사랑을 할 수 없으리라는 것 정도. 어린 소녀들의 바람도 비슷하다: 전쟁은 계속되고 우리는 내일 죽을 수도 있으니 빨리 술에 취하고 빨리 남자를 만나야 한다.

이렇게 말해도 좋을지 모르겠지만 우리가 들어온 전쟁의 비극치고는 평이하다 못해 단조롭다. 전쟁이란 것이 누군가에게는 조금 특수해진 일상의 공포와 슬픔일 뿐인가? 취하여 춤을 출 여유가 있나? 본디 공포란 이렇게 일상을 영위함으로써 잊는 것인가? 내막을 단정하기에는 나에게도 전쟁은 들은풍월뿐이니 알 수 없지만 내러티브 효과 측면에서만 보자면 이렇게 흐르듯 흐르는 단조로운 시간과 일상 때문에 죽음이라는 비극이 터졌을 때 숨이 멎을 듯 큰 충격을 자아낸다.

◆─◈─◆

콜스키 감독이 이 영화에서 죽음을 표현하는 방식은 두 가지다. 우선 죽음의 방식이 돌연하다. 장면 하나. 깊은 밤 지하실, 베네치아에서 아름다운 바이올린 선율을 들려줬던 유대인 소년 나우멕은 바로 다음 장면에서 독일 장군이 당긴 방아쇠에 목숨을 잃는다. 둘. 소녀는 자신의 아버지가 아이처럼 돌봐줘야 하는 존재이니 아버지를 포로로 붙잡고 있는 소련 병사들이 그 사실을 꼭 알게 해달라고 기도하는데 기도하는 아이 위로 지나가는 것은 총살당하는 아버지의 모습이 담긴 짧지만 파괴적인 인서트. 셋. 여느 날 아침처럼 조깅을 하던 첫째 이모가 들판에 서서 나우멕을 기리며 유대인의 춤을 출 때 머리 위로 전투기 지나가는 소리가 들리고 이모는 그 자리에 쓰러졌다.

끝날 때까지는 끝난 게 아닌 것. 다섯 해가 지나 드디어 전쟁이 끝나고 텅 빈 집으로 돌아온 마렉의 친구 수지는 들려오는 피아노 소리를 따라 반갑게 지하실로 내려가지만 반가운 마음과는 다르게 날아온 것은 총알. 그녀도 그 자리에서 스러졌다. 예고 없는 포탄처럼 죽음도 섬광 같고, 그래서 침착함을 유지했던 일상에 남기는 파문이 너무 크다.

콜스키 감독이 이 영화에서 죽음을 표현하는 두 번째 방식은 이렇게 누군가가 죽을 때마다 지하 베네치아 물속을 비추고 그 물속에 방금부터 더 이상 이 세상에 존재하지 않게 된 사람을 상징하는 물건이 가라앉는 모습을 보여주는 것이다. 예컨대 행군하던 폴란드 군인들이 폭격으로 숨진 장면에서는 물속으로 군인들의 지갑과 신분증명서, 혹은 편지나 사진 같은 것들이 가라앉는 것을, 첫째 이모가 숨졌을 때는 그녀가 늘 끼고 있던 안경이 물속으로 가라앉는 것을 보여준다.

죽음은 돌연했건만 물속으로 가라앉는 망자의 물건은 부력의 저항 때문에 느릿느릿하다. 스크린 안의 상황이므로 완력으로 건져낼 수도 없는 것. 우리는 그것들이 천천히 나락으로 떨어져가는 것을 충격 속에 바라만 볼 수밖에 없다. 보는 이의 가슴팍 어딘가 돌이 박혀서 끝없이 밑으로 같이 떨어진다.

언젠가 이 전쟁이 끝나리라 믿었던 희망의 공간 베네치아. 전쟁과 죽음에 저당 잡힌 시절이지만 이렇게라도 위무하겠다는 환상의 공간에 그들은 그렇게 빠져 다시 나오지 못했다.

무심한가 싶을 만큼 침착한 일상과 뜻밖의 죽음. 그리고 빠져나올 수도, 쉽사리 가라앉을 수도 없는 죽음의 더딘 무게. 안타까운 일은 지하실에 베네치아를 꾸미며 모두에게 '잊음'과 '망각'을 선사하고, 그리하여 전쟁이라는 현실 속에서도 인간으로서의 현실을 제시한 주인공 소년 마렉 또한 결국 이 무게를 견디지 못했다는 것이다. 첫째 이모가 죽은 이후 마렉은 그 순수한 손에 돌을 들고 온 힘을 다해 나치에게 협력한 폴란드 의사를 쳐내려 죽인다. 그렇게 손에 피를 묻히고서 마렉은 지금까지 무척이나 사랑해왔던 자신의 베네치아에 또 다시 서서 여기에 있기 싫다고 울먹이며 결국 물속으로 뛰어든다. 이곳이 아닌 베네치아에 가고 싶었던 마음은 이곳이 아닌 죽음에 뛰어들고 싶은 마음이 되었고, 기다림과 희망으로 부유할 수 있었던 몸은 결국 현실의 무게를 이기지 못해 가라앉는 일을 택하고 말았다.

내러티브 충격

한국에서는 〈그을린 사랑〉이라는 제목으로 개봉한 영화가 있는데 지금은 유명해질 대로 유명해진 드니 빌뇌브 감독의 작품이다. 그의 장편영화만 셈하면 초기 연출 작품에 해당하는 이 영화는 이스라엘 팔레스타인 분쟁에 관한 영화로 프랑스 극작품으로 있던 것을 영화화한 것이다. 사실 이 작품의 스토리를 적고 그 충격과 충격이 주는 효과에 대해 이야기할 요량으로 언급했는데 이 영화의 내용은 그런 짤막한 요약 따위로 전달해버리면 안 될 것 같아서 마지막에 이르면 숨이 턱 막히도록 충격적이라는 사실만 언급하고 이어가겠다. 어두컴컴한 영화관에서 충격은 아득하게 지속되고 그러다 문득 드는 생각이: '내가 방금 분쟁 지역의 여성들이 느꼈을 충격을 아주 미약하게나마 잠시 체험해본 것이 아니었을까?'

전쟁을 바탕으로 한 허구의 이야기들이 사실이 아니어도 가치를 지닐 수 있는 것은 그런 충격에서 얻는, 단순한 공감을 넘어

선 체험 때문이라고 해도 아주 틀린 말은 아닐 것 같다. 마치 기시감처럼, 잠깐 그들이 느꼈을 공포와 충격과 경악에 빠졌다가 나와 보는 것. 전쟁이라는 극한 상황이므로 죽음이라는 돌이킬 수 없는 극단의 사건들이 일어났을 뿐 일상이 전쟁이라는 흔한 말처럼 우리는 우리가 어찌할 수 없는 거대한 것들 때문에 자신을 잃거나 스스로 왜곡하거나 숨거나 숨어야 하는 연약한 개인들이니까. 그리고 그 충격이 과거에 대한 이해로 이어진다면 더욱 좋을 테고.

✦◈◈◈✦

1944년 바르샤바에서는 나치에 저항하는 봉기가 일어났고 독일은 자신들에게 저항하면 어떻게 되는지 본때를 보여주기 위해 도시에 무차별 폭격을 가했다. 당시 바르샤바는 한 줌의 구시가지만 남고 다 쓰러졌으며 현재 건물들은 모두 전쟁 후에 재건한 것이다.

다 파괴되고 유일하게 남았다는 바르샤바 구시가지는 다른 어떤 도시들보다도 아기자기하고 예쁘다: 오밀조밀하고 꼬불꼬불한 미로를 따라 늘어선 장난감들이 커다래져 있는 동화의 공간. 바르샤바가 동유럽의 파리라고 불렸다던 사실은 아카데미상 외국어영화상 후보에 오른 폴란드 영화 〈콜드 워〉의 대사이기도 하고, 실제로 바르샤바 사람들이 애틋하게 아쉬워하면서 읊는 말이기도 하다: "전쟁 전에 바르샤바는 정말 아름다웠어요. 동유럽의 파리라고 불렸답니다." 그 말끝에 울리는 단절된 시절에 대한 그들의 아쉬움과, 그럼에도 이 도시는 여전히 아름답다 생각하는 나의 위로에 부쳐 죽을 줄 알고도 싸우다 죽으리라 했던 이들의 용기와 저항의 끝에서 전쟁의 끝을 보리라 바랐던 이들의 바람결 같던 희망을 깊이 애도한다.

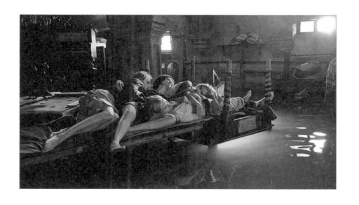

폴린 폴란드 유대인 역사박물관

바르샤바 구시가지에서 북서쪽으로 뻗어나가는 길을 쭉 따라
가면 멋들어진 바르샤바 대법원이 나타나는데 그곳에서 지금까
지 온 것만큼 한 번 더 걸어가면 '폴린 폴란드 유대인 역사박물관'
을 만날 수 있다. 상처 난 유리 조각 같은 건물의 외형과 나무 재
질로 된 곡선형의 내부가 선민이라 자부하는 유대 민족의 아스라
한 신비를 드러내는 이곳은 다녀본 박물관 중에서 프로그램이 가
장 훌륭했다. 미디어아트를 활용한 인터랙티브 전시는 단순히 누
르고 확인하는 것 이상의 다양한 콘텐츠로 가득했다. (사실 디스
플레이 방식보다 놀라운 것은 그 내용이었는데 대체 이 놀라움을

내 부족한 지식으로 어떻게 설명해야 좋을지!)

이 박물관이 다루고 있는 것은 폴란드 땅에 살게 된 유대인들이고 그들이 폴란드 땅에 등장한 10세기부터 현재까지의 역사를 추적하고 있다. 한 나라에 자리 잡은 소수민족에 대해 셈하면 천년인 역사를 이야기하고 있는 이곳의 전시는 놀랍게도 모두 그 시대 사람의 '말'이라는 살아 있는 사료에 의존하고 있었고, 그래서 그 시대의 육성이 그대로 들려왔다. 누군가가 했다는 그 '말'이 어떤 의미가 있는지를 이해하기 위해 관람자가 미리 알아야 하는 역사적 정황들은 각 갤러리에 들어가기 전에 마주치는 안내판이나 전시물 가까이에 가면 들리는 오디오(외국인의 경우에는 오디오가이드)로 대체했다.

역사라는 것이 본래 그 자체로 지나간 시간에 대한 스토리텔링이라고는 하지만 이렇게 누군가의 발화에 의존하여 서술해놓으니까 꼭 떡 하나 주면 안 잡아먹는다고 해놓고 잡아먹어버린 못된 호랑이를 피해 남매가 동아줄을 타고 올라가 해와 달이 되

었다는 이야기만큼 생생한 스토리텔링이 되고 말았다. 현대로 넘어와 2차 세계대전을 다룰 때에도 독일군의 만행에 대해 숫자로 알려주고 싶은 마음이 얼마나 굴뚝같았을지 짐작이 가고도 남는데 그 부분도 구술사로 대체해 스토리를 부각시켰다.

여행하면서 폴란드의 옛 수도인 크라쿠프 근처에 있는 유대인 수용소 '아우슈비츠'에도 다녀왔다. 여러 전시실 중에 죽은 유대인 아이들의 신발을 모아 놓은 전시실, 수용소에 들어올 때 잘린 머리카락들을 모아놓은 전시실이 있었다. 전쟁 끝나고 발견된 것이 그것이지 실제로는 그보다 더 많았을 텐데 그것만으로도 이미 경악이었다.

'아우슈비츠'의 전시가 몸이 시름시름 앓을 정도의 경악과 충격을 자아낸다면, '폴린 폴란드 유대인 역사박물관'은 이해를 자아낸다. 인간은 벗겨진 신발로 존재하지도 않고, 머리카락으로 존재하지도 않고, 인간은 이야기로 존재하는 존재인지라 이해의 차원으로 들어가고자 한다면 그때는 스토리가 필요한 것이다.

그런 맥락에서 '폴린 폴란드 유대인 역사박물관'은 다시는 반복되지 않아야 할 역사를 누군가의 이야기의 차원으로, 어쩌면 제자리인 그곳으로 돌려놓아 인간의 이야기로 만들었으니 우리가 아주 다른 인간이 되지 않는 이상, 우리가 최소한의 인간 됨됨이를 잃지 않는 이상 같은 일을 다신 반복할 수 없도록 단단히 붙들어 매어놓는, 호랑이가 되어가지고는 영영 잡을 수 없다는 동아줄이 되었다.

　자격 없는 이야기를 일장연설처럼 늘어놓은 것 같다. 바르샤바에 간다면 꼭 방문해보길 바란다는 말이 하고 싶었다.

낭만에 대하여

이다 파벨 파블리코브스키, 2013

흑백 영상 속. 가로등 불빛이 옅게 깔린 길가. 벽돌만한 돌들을 박아 걷기에도 힘든 울퉁불퉁한 길에 양복을 곱게 차려 입은 중년의 신사가 쓰러져 있다. 쌓인 눈에 사람들 발자국이 뒤덮여 진창이 따로 없어진 바닥. 마지막 힘을 끌어 모아 빛을 향해 손을 뻗어보지만 그것도 힘에 부쳐서 신사는 새벽이 오고 아침이 올 때까지 길바닥에 쓰러져 중얼댔다. 무슨 말을 하는지는 자신도 모른다.

1940년대 할리우드에서 영화 음악가로 활동했던 에릭 지슬의 바이올린 소나타 '브란데이스(Brandeis)' 두 번째 악장을 듣고 있으면 음폭의 변화가 크지 않은데도 극적인 것이 이런 진창에서 헤어나올 길 없는 남자가 어둡게 그려져 기이하다. 그러던 그가 3악장에 가면 광인이 됨으로써 자유를 찾아 집시의 춤을 춘다. 잊기 위해 미친 자. 불현듯 떠오르는 과거에 대고 지르는 비명이 날카롭게 현을 긋는다.

에릭 지슬. 그는 오스트리아의 촉망받는 천재 작곡가였지만 유대인이었으므로 2차 세계대전 기간에 미국으로 망명해야 했고, 할리우드에서 자리 잡은 비슷한 유럽 출신 작곡가들에 비해 큰 성공을 거두지 못했다. 무엇보다 지침을 따라 작곡해야 하는 일이, 음악이 예술이고 예술이 자유였던 땅을 떠나 음악이 엔터테인먼트이고 엔터테인먼트가 돈인 세계로 들어온 그에게는 그 모든 것이 적응 못 할 가치의 혼란일 뿐, 받아들일 수는 없는 일이었던 것 같다.

그는 생전에 자신의 인생에는 적이 셋 있다고 이야기했다 전해진다. 첫째는 태양. 그는 햇빛 알레르기가 있었다. 둘째는 망명길의 원흉 아돌프 히틀러, 셋째는 음악가가 되는 걸 마뜩찮아 했던 할머니. 그는 일찍 세상을 떠났지만 그래도 마지막 10년 조금 넘는 기간 동안에는 자신이 하고 싶어 하던 음악을 하다 갔다. 어쩔 수 없이 드라마틱한 인생들. 어떠한 기교로도 표현할 수 없는 마음들. 긁히는 현이 내는 차가운 비명에 담아, 그는 슬픈 노래를 남겨두고 떠났다.

예술이여, 영원하라!

"두 사람 참 이상한 조합이야."
"나랑 이모? 알아."

〈이다〉, 파벨 파블리코브스키, 2013

공테이프 하나 정도면 충분히 낭만적이었던 시절이 있었다. 라디오는 주로 밤 열 시와 열두 시 프로그램들이 정점이었으니까 숨어들어간 이불 속, 아니면 위기 상황을 대비한 문제집을 펴둔 책상 한편에 라디오를 틀어놓았다.

내가 가진 플레이어는 라디오 기능에 카세트테이프가 한 개 들어가는 선 둥그런 것이었는데 그걸 음소거에 가까운 최소 볼륨으로 틀어놓고 귀를 가져다 대고 듣다가 노래가 나오면 딸깍, 녹음을 했다. 전주 나오는데 디제이가 멘트라도 날리면 그게 그렇게 야속했다. '이보세요 디제이 씨, 여기는 녹음중이란 말입니다.' 그렇게 만든 믹스 테이프를 듣고 또 듣고 밤이 되면 또 수집하던 일들이 재미이자 낭만이던 시간들.

그렇게 무료한 듯 무심했던 낮에 비례해 온갖 작전이 난무하

는 스릴 넘치는 밤들을 지나 캠퍼스에 들어섰고, 새로운 세상의
질서와 법칙에 치이던 나에게는 서로의 연애와 서로의 다이어트
와 서로의 미래가 헷갈려도 신이 났던 '우리'라는 낭만이 생겼다.

그 후로는 지나가는 시간들의 틈새마다 누군가를, 혹은 무엇
인가를 기다리고 보내고, 또 기다리고…… 그러다 결국엔 보고
야 마는 숱한 마지막들을 지나 이제 뒤늦게나마 철이 나는지. 낭
만이란 늘 벗어난 곳, 우회한 곳에서 맞닥뜨리는 기분 좋은 안개
같고 취기 같은 것이라 요즘처럼 일상이 빈틈없이 밀려드는 때에
는 낯선 이국의 밤에 혼자 서 있어도 일상에서 벗어나지 못하는
머릿속 때문에 그게 그렇게 낭만적일 수 있을지 의문이다. 어느
어른의 노랫말처럼 '그야말로 옛날식 다방에 앉아 잃어버린 것에
대하여' 노래할 때쯤 우리는 다시 낭만을 이야기하게 될까?

◆─◈─◆

유대인 이야기를 해야 하는데 때아닌 낭만에 대해 읊는 이유
는 이제 와서 또 그들에 대한 이야기를 한다는 것이 누군가에게

는 새삼스레 지겨울 수 있을 것 같아서, 세계가 이제는 기억하려 하기보다는 잊고 싶다고 말하는 일이라 친구를 불러내 어려운 부탁을 하는 사람 마냥 서두가 길어진다.

⚜

〈콜드 워〉로 다시금 아카데미상 후보에 오른 파벨 파블리코브스키 감독은 이미 〈이다(Ida)〉로 아카데미상 외국어영화상을 수상한 바 있다. 2013년에 개봉한 이 영화의 시계는 1962년을 가리키고 있으며 1962년의 관점에서 2차 세계대전 도중에 벌어진 일을 추적한다. 회고에 회고를 거듭하여 적힌 일이라 그런지 〈이다〉의 서사는 사뭇 결이 다르다. 2차 세계대전을 다룬 내러티브에 등장하는 유대인 캐릭터에는 스테레오타입이라는 것이 있어서 유대인은 선량한 피해자이고 나치 독일은 악이라는 이미지가 도식처럼 따라붙는데 이렇게 되면 2차 세계대전과 관련한 유대인 서사는 늘 과거 독일의 악랄함과 길항하여 눈뜨고는 보지 못할 비극의 서사, 참담함의 서사가 되고 만다.

〈이다〉의 서사는 이러한 시류를 아주 전복하는 것은 아니나 그렇다고 각인된 이미지들 속에 편승하지도 않는다. 적어도 유대인을 2차 세계대전이라는 참혹함에 갇혀 21세기가 되어도 그 안에서 빠져나오지 못하는 처참하고 비참한 희생자로만 그리지는 않는다.

세상은 일찍이 이곳에 있었고 나는 마치 우연인 것처럼

〈이다〉의 화면 구도는 거의 모든 리뷰와 평론들이 지면의 상당량을 할애해 해석하고 분석할 정도로 무척 독특하여 유명하다. 내 나름으로 눈에 보여 느껴지는 대로만 이야기를 하자면 풍경이나 건축을 좋아하는 화가가 자신이 그리고 싶은 것을 멋들어지게 그려놓고서는 원치 않지만 어쩔 수 없이 '옜다' 하면서 사람을 아무데나 아무 크기로 대충 그려 넣은 느낌이다.

우선 프레임에 인물보다 배경이 더 많은 공간을 차지하는 경우가 다반사이고 화면 속에 인물을 배치하는 방법도 여타 다른 영화들과는 다르다. 예컨대 인물의 얼굴이 목도 없는 채로 덩그러니 프레임 안에 들어와 있는데 그게 화면의 중앙도 아니고, 그렇다고 구석도 아니어서 여기에 있다, 저기에 있다 똑 떨어지게 말하기 애매한 자리에 배치되어 있다. 나름 영화의 주인공들인데 밥을 먹는 일을 하든지 비통함에 고개를 숙이는 일을 하든지 아무도 모르는 외롭고 송구한 손님처럼 스크린에 몸을 아슬아슬하게 걸쳐놓고 행위를 한다. 긴히 대화를 나누는 장면도 원경으로 처리해버리니 어떤 표정으로 이야기를 나누는지 목소리로만 짐작할 뿐이다. 이렇게 홀대해도 될 일인가.

게다가 흑백영화인 〈이다〉는 계절적 배경마저 겨울이어서 안 그래도 단조로운 것이 매력이라 여백의 미를 물씬 자랑하는 폴란드의 건축과 자연 풍경을 무거운 눈으로 덮어버렸다. 세상은 이제 조곤조곤하기보다는 무심해졌다. 이 거대해서 무심하고, 평온해서 무심한 세상 속에서 인간은 대개 점, 아니면 선.

◆◦━◉◦◆

혹시 리들리 스콧 감독의 1991년 작품 〈델마와 루이스〉의 마지막 장면을 기억하는지. 강간 미수범을 살해하고 경찰에 쫓기기 시작한 두 여자가 차를 타고 미국 서부를 가로지르며 생의 최초의 인간다운 자유를 만끽한다. 경찰에 쫓기다 마지막 순간 절벽에 선 그들은 완벽하게 포위되었고, 이대로 경찰의 손에 체포되어 과거로 회귀하느니 죽음으로써 자유하기로 결정한다. 그리하여 두 손을 맞잡고 액셀을 힘차게 밟아 두 사람은 새파란 허공을 갈랐다. 프레임을 가로지르는 두 여인의 자유와 저항, 그리고 눈물이 먼저 맞이하는 환희.

깨끗한 캔버스에 선을 그어 파문을 만드는 것은 '이다'와 '완다'도 마찬가지다. 고아로 아기 때 수녀원에 들어와 이제 성인이 되어 종신서원을 앞두고 있는 이다는 세상에 하나 남아 있다는 혈육, 자신의 이모를 만난다. 그녀에게서 뜻밖에도 자신이 유대인이라는 것과 어머니는 전쟁 때 죽었으나 시신이 어디에 있는지는―그때 죽은 다른 유대인들이 다 그렇듯― 모른다는 이야기를 듣는다. "어쩌면 숲에, 아니면 호수에?" 어머니는 무덤도 없이 죽고, 나는 수녀가 되려고 했는데 유대인이라니. 이다는 지금껏 어머니를 죽인 장본인들의 세계에서 기도하고 헌신하려 했던 것이었다.

꼬여버린 족보마냥 어지러워진 정체성과 과거와 현실의 해결할 수 없는 괴리는 이다 탓이 아니지만 형식을 지켜 올리는 변함없는 기도와는 별개로 마음의 동요가 없을 수 없다. 시신을 찾아

묻고 나면 좀 나을까. 이다는 최소한 어머니의 시신이라도 찾아 제대로 묻어주려 한다. 그런 이다와 왜 20여 년의 세월이 지나도록 동생의 시신을 찾지 않았는지는 의문이지만 마침내 이다와 함께 가보겠다는 이모 완다. 두 사람은 차를 나눠 타고 눈 덮인 폴란드의 평탄한 대지를 가로질러 과거 이다의 어머니가 살았던 시골 마을로 달린다.

앞으로 나아가기 위해 과거로 가야 하는 이다와 스스로 지금껏 유예한 끝을 보기 위해 마침내 비극의 시원으로 가겠다는 결심을 한 완다는 시간을 역행하며 예의 그 무심하고 차가운 세상으로 들어가 영화의 프레임을 횡단하며 종단한다. 이 두 사람에게 겨울의 세상이란 내가 뭘 잘못한 것도 아닌데 나의 편이 되어주지 않는 곳, 그냥 거기에 있을 뿐인 존재, 나를 둘러싼 배경이지만 딱히 나를 중심으로 돌아주지도 않는, 차라리 버거운 존재다. 눈 덮인 세상이 이토록 거대하고 평온하여 무심하지 않았더라면, 당신이 그렇게 두 손 놓고 서 있지만 말고 좀 나서줬더라면, 이렇게 과거로 돌아갈 일도, 혼란을 겪을 일도 없었을 테니까. 나라는 존재의 필요조건으로서의 세상은 나와 독립된 존재로 있어주면 그나마 다행이고 대개 우리는 이곳에 어떤 식으로든 저항해야 결국 무엇답게 살 수 있는 것 같다.

◆─◇～◇─◆

그래서 두 여자가 달렸다. 봐야 할 것을 봐야 하는 사람들이 용감하게 들춰내는, 시간과 눈으로 덮인 과거와 역사.

그래서 두 여자가 달렸다.

가슴을 치며 우는 일

인생은 멀리서 보면 희극, 가까이에서 보면 비극이라고들 하지만 〈이다〉의 이야기는 멀리서 보면 어렴풋한 비극이고 가까이에서 보면 실제적이고 구체적이어서 살아 생동감 넘치는 비극이다. 이다는 엄마를 잃었고 완다는 아들을 잃었다. 두 사람은 살해당했다. 그렇다고 해도 이들을 죽인 사람을 살인자라고 말할 수가 없는 것이 그도 자신의 가족을 보호하기 위해 독일군에게 유대인을 숨겨주고 있다는 사실을 들키기 전에 아무도 모르게 자기 손으로 죽이고 묻은 거였다. 너무 어려서 누가 봐도 아직 유대인인지 아닌지를 식별할 수 없을 것 같았던 이다는 그때 그가 수녀원으로 보내 살렸다. 그에게도 삶은 비극이었을 테니 그에게 죄를 묻기 위해서는 혹독하게 잔인해져야만 할 것이다. 아니. 20년이 지나 뼈만 남은 두 사람의 유골 앞에 선 순간에 세 사람은 각자 자신의 죄책감을 들여다보고 있었을지도 모른다.

그때는 그런 식으로 흘러갔던 시간과 도무지 무심하여 시간의 일에 관여하지 않았던 세상이 벌인 일. 이 새하얀 세상이 정말 캔버스라면 칼로 그어 복수라도 다짐하겠지만 소소하게든 거칠게이든 불가항력을 경험해본 사람이라면 안다. '세상'이라는 것만큼 실체는 있는데 뻗친 주먹이 안 닿는 것도 없다. 그래서 사람들은 뻗친 주먹을 데려와 대신 가슴을 치면서 우는 모양이다.

※

그나저나 〈이다〉만큼은 유대인을 처참하고 비참한 희생자로만 그리지 않는다고 하더니, 두 여인이 무심한 세상을 가로지르며 저항했다고 하더니, 역시나 진창에 빠진 이야기를 하고 있다. 듣고 보니 숫제 사기당한 기분. 하지만 기다려 달라. 모르고 비극을 맞이했으면 지는 기분이겠지만 알고도 와서 확인한 거라면 이야기가 좀 달라지지 않을까?

완다는 다 알고 있었다. 이다를 옆자리에 태우고 차를 몰아서 가는 길 끝에 자신이 보게 될 것이 무엇인지 완다는 정확히 알고 시작했다. 끝을 향해 가는 길에서도 그녀는 술을 마셨고, 음악을 들었고, 남자를 붙잡아 춤을 췄다. 정신을 놓은 사람처럼 보여도 완다는 사는 길을 택한 여자였다.

　내심 이다가 수녀가 되지 않기를 바라는 완다는 사는 것을 무척 좋아한 듯하다. 이다의 예쁜 보조개와 아름다운 머릿결이 사랑받지 못하고 두건 속에 감춰지는 것이 완다는 아쉽고 슬프다. 너는 왜 이 즐거운 생을 살지 않고 그래……. 죄책감에서 자유롭지 못한 아들의 죽음이라서 죽는 것보다 사는 것이 어려웠을 완다는 그래도 죽기를 유예하고 사는 편을 택했다. 세계대전이 끝나고 폴란드에 공산국가가 설립되면서 체제에 반하는 사람들을 법이라는 이름을 대동해 제거했던 때가 있었는데 판사인 완다는 그때 '레드 완다'라 불리며 몇몇에게는 사형 선고까지 내렸다는 것을 보니 이 여자 정말 세차게도 살았구나 싶다. 음악, 술, 남자. 살아지지 않는 삶을 살기 위해 완다가 선택했던 것들. 그렇게 살던 완다는 아들의 백골을 무덤에 묻고 돌아와 마지막 남자와 잠을 자고, 마지막 담배를 비벼 끄고, 모차르트의 마지막 교향곡을 들으며 떠났다. 자신이 떠나고 싶을 때 앞서 떠나간 모든 이들을 향해 마치 오던 길처럼.

　다신 수녀가 될 수 없을 것만 같았던 이다도 마찬가지. 어머니의 시신을 찾으러 가기 전 이모는 그렇게 물었다. 어머니 시신을 찾으러 갔다가 신이 없다는 것을 알게 되면 어쩌려고 그러느냐고. 참상을 본 이후로는 정말이지 보이지 않던 것들이 보이고 느껴지지 않던 것들이 느껴져서 이다는 잠시 서원을 보류하지만 결국 자신이 바라던 길로 돌아온다. 믿지 못할 일들을 믿기로, 가지 못할 길을 가기로 입술을 꾹 다문 채 이다는 선택했다.

◆◦◆◦◆

　세상은 으레 우리를 가야할 길로 보내곤 한다. 21세기를 살고 있는 우리는 각양각색처럼 보여도 실은 거대한 그림의 선이나 점 정도일 뿐이어서 화폭을 벗어나거나 화폭을 새로 그리기는 고사하고 화폭에서 내가 차지하고 싶은 자리에 가서 자리 잡기도 어렵다. 그래도 기억하고 싶다. 우리는 그 넓은 세상을 가로지를 수 있는 사람들이다. 나에게 일어난 비극을 두 눈으로 확인할 수 있는 사람들이고, 그리하여 죽는 것이든 못 돌아갈 본래의 자리로 돌아가는 것이든 내 방식대로 그 비극을 극복할 수 있는 사람들이다. 과연? 그건 하찮고 타협적이며 쓸데없는 정신승리일 뿐이지 않느냐. 만일 누군가 그렇게 묻는다면 강자에게 굴복하고 돌아서서 비열한 자신을 가리기 위해 입으로 자위하는 습관적인 정신승리라면 모를까, 정신승리조차 불가능한 상황에서 이다가 선택한 삶과 완다가 행동한 죽음에 대해서는 제대로 된 그 가치만큼 존중하겠다고 말하고 싶다.

지금 지내고 있는 동네가 바르샤바 구시가지 근처이다 보니 공원 근처에서 산책하다가 문득, 마트에 가거나 식당에 가다가 문득, 바닥에 띠지처럼 길게 새겨져 있는 금속 마크를 보게 된다. 바르샤바 게토 장벽이 있던 자리를 표시해놓은 것이다. 80여 년 전 오늘처럼 하늘이 푸르고 바르샤바 곳곳에 깨끗한 찬바람이 흩날리는 날에도 눈앞에 펼쳐진 이 자리에서는 다윗의 별을 찬 수많은 이들이 연유를 모르고 갇혀 굶주림과 폭력에 내몰리고 방치되었을 것이다.

그리고 1943년, 그해에는 이곳 바르샤바 게토에서 봉기가 일어났다. 그 이야기가 알렉산더 포드 감독의 1948년 개봉작, 〈그라니츠나 길〉에 담겨 있는데 감독은 게토 봉기를 폴란드인과 유대인이 한데 섞여 자란 동네 꼬마들의 눈을 통해 그렸다. 바르샤바 봉기가 일어나기 1년 전, 독일의 광기 수치는 거듭 기록을 갱신하며 극에 달해 게토에 가둬뒀던 유대인들을 죽음의 수용소로 보내거나 수용소에 닿기도 전에 기차에서 죽였다. 어차피 죽을 것을 안 바르샤바 게토의 유대인 거주자들이─늘 그렇듯 개중에는 승리에 대한 환상을 품고 있는 사람들도 있었지만─ 얼마 되지 않는 힘을 모아 저항하다 죽었던 사건이 바로 1943년의 바르샤바 게토 봉기다.

　　게토 봉기가 일어난 지 5년 후, 그리고 전쟁이 끝난 지 3년 후에 만들어진 이 영화는 게토로 돌아가 끝까지 싸우겠다며 돌아서서 걸어간 작고 왜소한 유대인 소년의 뒷모습에 대고 "우리는 네가 죽지 않을 것을 믿는다"라고 내레이션을 한다. 그때 게토에서 싸우던 사람들은 다 운명을 달리했다는 것을 알았던 1948년의 시점에서 네가 죽지 않을 것을 믿는다고 이야기하는 것은 마치 너는 죽었으나 죽지 않았다는 것이거나 너는 죽었으나 너의 혼은 살았다고 이야기하는 정신승리일 터. 하지만 돌이킬 수 없는 죽음이라 하여 네가 죽지 않았다고 믿는 일을 '한낱'이라는 단어를 사용해가며 언급하기에는 이 정신승리에 애써 이르기까지 감내해야 했던 살아남은 자들의 직접 겪은 고통에 덧대어진 죄책감을 가늠하는 일이 우리에게는 가당치도 않다.

◆◦❦◦◆

이다와 완다도 역사를 이기거나 거스르지는 못했다. 개인의 역사가 세계사의 짓누름을 극복하기는 어려운 일이므로 역사를 이길만한 거인은 없을 것 같다. 거인이든 소인이든 거대한 세상 안에서는 점과 선일 뿐이므로 무력할 테니까. 하지만 개인이 역사를 어찌할 수 없듯이 역사가 어찌할 수 없는 개인의 영역이라는 것도 반드시 있다. 우리는 죽어야 할 것 같은 순간에 완다처럼 계속 재즈를 들을 것이고, 취할 것이고, 춤을 출 것이고, 높은

굽의 구두를 신고 나가 사랑할 것이다. 우리는 사랑할 수 없을 것 같은 순간에 이다처럼 내 어머니를 죽인 자들의 기도를 읊을 것이고, 믿을 것이고, 나의 영원을 당신의 영원에 약속할 것이다. 우리는 그렇게 우리를 살 것이다.

누군가에게는 종종 만일 이곳이 벼랑 끝이라면 누가 밀기 전에 내가 먼저 뛰어내려버리고 싶을 때가 온다. 그러다가도 또 하루를 시작하겠다고 눈을 뜨고, 자리에서 일어나고, 죽어가던 생이 그나마 끌려가는 생으로라도 살아진다면, 어디까지 끌고 가는지 한번 보자며 그렇게 끌려가나마 살아보고 싶을 때가 또 온다. 우리는 다 겨울을 지나가는 사람들이니까. 이런 겨울 속에서 낭만을 구해 누릴 사람들이니까.

그러니까 그런 우리는 살아야 한다. 어느 날엔가 봄이 오면 채 떨어지지 않은 겨울의 먼지가 초라하게 내려앉은 어깨들을 보고 '당신도 어디선가 겨울을 지내고 해를 찾아 나왔구나'라고 위로받기를. 그러기 위해 우리는 다음 봄을 기다려야 한다.

'백만송이 장미'와 영겁의 만두

혹시 심수봉 씨의 '백만송이 장미'가 라트비아의 노래였다는 사실을 알고 있는지. 나는 지난겨울 엉뚱하게도 폴란드 어느 식당에서 그 사실을 처음 알았다. 비 내리는 밤, 음식 열기 탓에 통유리창에 수증기가 달라붙어 노란 조명만 몽환처럼 남게 된 식당에서 밥을 먹는 중에 별안간 너무나 익숙한 멜로디가 모르는 나라의 언어를 싣고 들려왔다.

미워하는 미워하는 미워하는 마음 없이
아낌없이 아낌없이 사랑을 주기만 할 때

수백만 송이 백만 송이 꽃은 피고

그립고 아름다운 내 별 나라로 갈 수 있다네

이 시그니처 멜로디를 모를 수가 없으므로 스피커가 있는 쪽으로 귓바퀴가 이만큼 커져서 왼쪽 귀하고 놀라 똥그래진 눈만 몸에 남은 사람처럼 온 감각이 집중되었다가 반가움과 생경함에 실소가 터졌다. 타지에서 만난 한국 노래가 방탄소년단도 아니고 심수봉이라니. 심수봉 씨 노래가 얼마나 먼 곳까지 흘러간 건가 궁금해진 내가 지금 나오는 노래가 어느 나라 노래냐고 직원에게 물었더니 '체첸' 노래라고 했다. 체첸? 체첸이라면, 이 나라도 둘째가라면 서러울 비극적인 역사의 나라이긴 하다. 글쎄 그건 그렇다 쳐도 이 노래가 거기서 왜?

따로 찾아보니 '백만송이 장미'는 본래 심수봉의 노래가 아니라 1981년 라트비아의 가수 아이야 쿠쿨레(Aija Kukule)가 부른 것이었고 그 노래가 러시아도 거치고 일본도 거치고 핀란드, 헝

가리, 폴란드 여기저기 안 돌아다닌 곳 없이 돌아다니다가 그중에 한국에도 온 것이었다. (구글에 체첸 가수가 불렀다는 기록은 없다. 구글이 틀렸거나 점원이 틀렸거나. 그래도 덕분에 그 식당에서 체첸 음식도 판다는 것을 알게 되어 후일에 또 다른 경험을 하게 되었으니 소재 제공 면에서 운명이라 생각하리!)

폴란드에서 만난 뜻밖의 고국의 맛은 이것이 전부가 아니었다. 폴란드 음식을 먹다보면 예상치 못한 한국의 맛을 종종 경험하게 되는데 무엇보다 놀랐던 것은 폴란드 전통 음식이 '만두(페로기)'라는 사실. 처음 만두가 전통 음식이란 말을 들었을 때 유럽 대륙의 만두라니 이건 또 무슨 부조화인가 싶어서 솔직히 좀 해괴망측한 맛을 경험해볼 요량으로 먹었다가 깜짝 놀랐다. 추운 밤 동네 어귀 만두 가게 아저씨가 뚜껑을 열었다 닫았다 할 때마다 허공으로 흩어지던 따뜻한 구름이 거기 그대로 있었다. 만두 맛 표현치고는 지나친 서정이지만 그래도 예상치 못했던 곳에서 고향의 맛을 만난 마음이 이 정도의 유치함은 충분히 동반하고도 남을 만큼 훈훈하고 반가운 것이었다고 변명하며 양해를 구한다.

　종종 이런 맛들을 만났다. 마트에서 아시아 교자를 보고 반가워 사가지고 왔다가 안에 패키지로 담긴 간장에서 "브라보"를 외치고, 폴란드 수프들이 한국의 김치찌개 맛하고도 살짝 비슷하고 해물탕 맛하고도 싱거운 듯 비슷해서 손이 부들부들 떨리도록 배가 아팠던, 지금 생각해도 서러운 그날은 1초에 한 걸음씩 기어가듯 걸어가 그 고향의 맛 수프로 속을 달래며 엄마 손은 약손을 대신했다.

　서두에 언급했던 '백만송이 장미'가 흘러나온 중앙아시아 음식점에 다시 가서 그때 알게 된 체첸 음식을 주문했더니 돼지고기 수육에 백숙 삶은 국물이 곁들여져 나오기에 그때부터는 이 나라에서 발견한 고향의 맛들이 결코 우연이 아닐 수도 있겠다는 생각을 했지만 돼지고기 수육의 역사적 여로는 '백만송이 장미'의 여로보다는 훨씬 복잡한 일이라 찾을 엄두도 안 나는 것.

　그러다가 에어비앤비 호스트 집에 초대를 받아서 폴란드 가

정식을 먹어볼 기회가 생겼는데 메인 요리가 고기 다진 것을 배춧잎에 싸서 매콤새콤한 소스에 삶은 것이라 이게 전통 가정식이 맞는지 재차 물은 후에 지금까지 폴란드에서 만난 한국의 맛에 대해 다 이야기해보았다. 역시 둘러앉아 신기해할 따름일 뿐 그 자리에 앉아 있는 사람 중 요리 연구가는 없었으므로 그 주제의 대화는 신기함에서 끝났지만 나는 중국과 중앙아시아 어귀에서 돌고 돌았을 새콤한 듯 매콤한 맛의 여정을 그려보면서 '우리가 혹시 언제 만났던 적이 있었던가요' 싶게 이 나라가 잠시 내 육신처럼 가까워졌다가 멀어졌다.

마치 영겁의 세월을 건너 환생하기라도 한 사람마냥 수백 년의 시간과 그 시간이 누볐을 한국과 폴란드 사이의 평야와 대지가 그날, 엉뚱하게도 배춧잎으로 싼 고기를 앞에 두고 무겁게 내려왔다가 떠났지만 생각한다고 알 수 있는 일이 아니니 나는 이내 잊었다.

그런데 말이다, 그 사람. '백만송이 장미'의 가사 속 그 사람.

사랑할 때만 꽃이 하나 피는데 미워하지 않고 아낌없이 사랑을 줄 때 수백만 송이가 피고, 그렇게 꽃이 피어야 그립고 아름다운 제 별나라로 갈 수 있다던 그 사람. 그 사람은 자기 별로 돌아갔을까? 사랑하는 일은 마치 다시 자라지 않는 빵을 가진 '호빵맨'의 일 같은 것이어서 그 사람은 꽃을 모두 피우기 전에, 채 다 사랑하기도 전에 바스라지지 않았을지. 내가 온 별로 되돌아가려 애쓰는 사랑은 늘 주고 또 줘도 모자라다는 말을 듣고, 준다고 줬는데 그의 손에서는 부스러기가 되는 모양을 지켜보노라면 백만 송이 꽃이 피고 지는 일이 약속과는 달리 내 노력의 소관이 아니라는 생각이 들기도 한다.

사랑하는 일은 어렵다. 그래서 내가 알지 못하는 시간과 공간에서 벌어진 일들이 나와 내가 모르는 사람들 사이에 인연의 끈을 이어놓았다고 해도, 그 영겁의 시간이 순간 나를 훑고 지났다고 해도, 나는 여전히 백만 송이 꽃을 피울만한 사랑이 무엇인지는 알 수 없다. 피우려다 지고, 피우려다 만 백만 송이의 장미들이 그날 우리의 식탁에 앉았다 갔다.

편을 먹으면
비로소 편해지는 것들
'자유극장'으로부터의 도피 | 보이체크 마르체브스키, 1990

바르샤바 지도를 보면 군데군데 연두색이 많다. 다 공원이다. 폴란드의 나무들은 어찌나 마르고 키가 큰지 겨울이어서 잔뜩 헐벗었는데도 공원에 들어가서 위를 올려다보면 임금님 귀는 당나귀 귀라고 외쳐도 평생 나만 아는 이야기가 될 수 있을 듯 어지러이 빽빽하다. 담장이 있는 것도 아닌데 도시의 소음이 차단되는 비밀의 정원들. 감질난 도시인에겐 다 먹은 꿀단지의 마지막 꿀 한 방울 같은 곳. 그곳에 가면 천천히 걷는 사람들이 있고 아이와 공놀이를 하는 엄마가 있고 주인이 나뭇가지를 던져주길 기다리는 개들이 있다.

어느 날엔가 내가 맛이 좋은 커피집을 찾아 집 앞 공원을 가로지르던 날. 꽁꽁 얼어붙어 눈이 쌓인 연못 위에는 색색의 오리 가족들과 까마귀 가족들이 한데 몸을 파묻어 함께 웅크리고 있었고, 오리와 까마귀라는 신박한 조합 옆에서는 개들이 눈밭을 뛰어놀고 있었다. 서울에서 본 새들은 산책 나온 개를 보면 소스라치게 날아오르던데 너희는 왜 날개 한 번 펄럭이지를 않니? 웅크린 녀석들의 심기를 거스를까 조심스럽게 종종걸음을 치는 나는 확실히 다른 세계에서 온 사람이었다.

보고 싶은 사람을 못 보는 마음과 보고 싶은 사람도 없는 마음은 똑같이 혼자여도 하나는 공명이 있고 다른 하나는 말라붙은 돌덩이 같다는 점에서 다르다. 얼굴이 얼굴을 맞대는 일이 얼마나 실망스러운 일인지 경험이 겹으로 쌓인 사람은 평화를 그림으로 그리면 이런 건가 싶은 광경 앞에서 앞으로는 천둥 치는 밤에 새들이 어디에서 무엇을 할지 걱정하지 않으리라 했다.

도망? 기가 막힌 아이디어네.
이 나라 안에 너희들이 도망갈 수 있는 곳은
아무 데도 없어!

〈'자유극장'으로부터의 도피〉, 보이체크 마르체브스키, 1990

　　보이체크 마르체브스키 감독의 〈'자유극장'으로부터의 도피
(Escape from the 'Liberty' Cinema)〉는 폴란드 인민공화국이
막을 내리고 자유경제 민주주의 체제로 전환되던 과도기를 시대
적 배경으로 삼아 지역 영화관이라는 작은 공간에 당시 정치집단
의 거의 모든 주체를 등장시킨다.

　　실상은 예전만 못한 권력인데 뒷방 늙은이의 꼬장꼬장함으로
자신은 건재하다 과시해보려는 공산 권력과 보수적인 전통을 미
덕으로 아는 기성세대, 새로운 시대와 자유를 기대하는 젊은 세
대, 미국을 비롯한 서방세계를 맹목적으로 동경하는 사람들, 심
지어 그 광경을 지켜보는 가톨릭 세력까지 한 무대 위에 올라 작
게는 대사 한 마디, 표정 하나로라도 시대에 대한 자기네 입장을

표현할 기회를 갖는다.

그러한 일련의 세력을 대표하는 인물들 중에 이쪽인 것도 같고, 저쪽인 것도 같다가 결국엔 이도저도 아니게 된 인물이 있는데 그가 바로 이 영화의 주인공이다. 주제넘게 역사 이야기를 할 생각은 없다. 1990년의 폴란드의 모습에 엉뚱하게도 내가 잠시 많은 사람들과 아옹다옹했던 때가 오버랩이 되어서 그 이야기를 할 참이다.

◆━◉━◆

사회생활이 필연적인 곳에 잠깐 몸담은 적이 있다. 주제넘어서 역사 이야기는 안 하겠다고 해놓고 지금 하려는 이야기도 만만찮게 아마추어인 분야라 운을 떼기가 참 어려운데 최소한 그 짧은 기간에 느낀 사회생활의 핵심은 편 먹기였다. 그것은 불가항력. 내 편과 네 편으로 가르는 것을 좋아하는 사람들이 중심이 되어 자기장이 형성되듯 사람들이 헤쳐 모일 때, 그때에는 여러 가지 눈에 보이는 사건이나 은밀하게 흘겨지는 사소한 눈빛 같은 것들에도 장력이 생기고, 그래서 어디에도 속하고 싶지 않다 한들 내 맘대로 할 수 있는 일이 아닌 것이 된다. 누군가는 나를 끌어당기고, 누군가는 나를 끌어당기는 그 힘 쪽으로 더 밀어버린다. 무엇보다도 그 틈에서 독야청청 오래 버틸 수 없는 까닭은 소속되고 싶어 하지 않는 태도가 직장에선 가장 꼴불견인 모양이어서 그런 것 같다. 젯밥 오르기에 딱 좋은 타입이랄까.

그렇게 주저주저하더라도 일단 편이 생기면 다 쉽고 편하다. 쉽고 편한 것은 무엇보다도 사고의 단순성에서 기인하는데 무리가 형성되고 나면 어떠한 사건이 벌어졌을 때, 입력값은 사건에 따라 달라져도 사고의 결괏값은 정해져 있는 필터가 생긴다. 무리가 생김과 동시에 적과 아군이 구별되기 때문에 이 필터를 거치면 적은 무슨 행동이나 말을 해도 결괏값이 마이너스가 되고 아군은 플러스가 된다. 그리고 그 정해진 결괏값이 늘 똑같이 도출되는 데에서 그 그룹의 안정성이 보장되고 그것과 더불어 나의 안위도 보장받는 듯하다. 그들의 잘 지내냐는 안부 인사가, 문자 메시지의 오타가, 시간을 너무 잘 지키는 반듯함이, 혹은 반대의

느슨함이 일단 내 편끼리의 대화라는 필터를 거치면 무엇으로든 확대재생산과 의미 부여가 가능해진다. 이유는 만드는 대로 무한해도 결괏값은 역시 같다.

판에 박힌 이야기지만 인정에 의해 형성되는 이런 조직 내 그룹은 정당하지 않은 것에 대해 이야기하는 소규모 공론장의 기능을 할 수도 있지만 '우리'라고 명명된 그룹의 눈에 곱게 비치지 않는 이들은 뭘 해도 안 되는 배제의 기능을 하기도 한다. 그리고 그 두 가지 기능이 사실 구별된 것처럼 보이지 않는 것이 주로 배제의 기능이 잘 되어야 본인들에게 만족스러운 공론장의 기능도 갖추게 되는 것 같다. 우리는 보이지 않는 것일까, 안 보는 것일까? 들리지 않는 것일까, 안 듣는 것일까?

"공산주의에 반대한다는 문장은 두말할 것 없이 삭제해버리면 그만이지만 돼지에 대해서 이야기하거든 그것이 정말 농장의 돼지인지 정부를 이르는 것인지 잘 살펴보라"고 말하며, "검열은 예술"이라 주장하는 영화의 주인공 아저씨는 한때는 시인이자 기자였고 문학평론가였다. 어찌된 일인지 지금은 국가 검열 기관 담당자가 되어 있는데 덕분에 가족들마저 표현의 자유를 배반한 아저씨로부터 등을 돌려 이제는 그저 신경질적이고 외로운, 배나온 중년의 아저씨 신세가 되었다. 영화는 그가 예술이라 칭하는 검열이 결국 편 가르기 놀이에 지나지 않는다는 것을 초반부터 짧지만 명확하게 보여준다.

아저씨의 부하 직원이 특이한 항의가 들어왔다며 아침부터 긴급하게 보고를 올린다. 사건의 개요는 이렇다. 어느 일간지에 '물'에 관한 기사가 실렸다. '마실 수 없는 물이다. 심지어 끓여도 마실 수 없다'라는 논지의 평범하디 평범한 기사였다는데 해당 일간지의 기자들이 본인 소속 신문사의 기사임에도 불구하고 "이 기사는 어떤 식으로도 정당화될 수 없고 논증할 수 없는 기사"라고 주장하며 이 기사를 올린 일간지 편집국과 이것을 검열하지 않고 그대로 게재할 수 있게 허락한 지역의 출판 및 오락물 검열 당국을 꼬집어 항의 서한을 보내왔다는 것이다.

별 웃기지도 않은 해프닝인 것 같은데 아저씨는 진지하다. 아저씨의 반응은 두 개였다. 처음 보고를 받았을 때에는 항의를 십분 받아들이라는 즉각적인 지시를 내렸다. 그들은 스스로를 고발하고 있다. 즉, 추후에 무언가 걸릴 것이 두려워서, 말하자면 선수를 친답시고 항의한 것이니 우리의 할 일은 항의를 받아들이는 것이라는 게 아저씨의 상황 해석이었다. 그러더니 조금 뒤에 분위기가 완전히 바뀌었다. 분기탱천한 우리의 아저씨가 당장이라도 부하 직원을 자를 것처럼 사무실로 찾아가서는 이 사람들이 공산당원이 아니라는 말을 왜 안 했느냐고 윽박지른다. 같은 서한을 공산당원이 아닌 사람들이 보냈을 경우 이것은 이 일을 빌미로 공산당원들을 책잡으려는 일이니 당장 항의를 받아들인다는 조치를 취소해야 한다고 했다.

불가해할 정도로 엉뚱한 일인 것은 처음부터 이해가 필요한 일이 아니어서 그렇다. 검열해야 할 내용이 물인지 불인지는 중요하지 않다. 검열의 대상은 '무엇'이 아니고 '누구'이니까. 누구의 입에서 나왔는지가 중요한 거다. 새로울 것이 없다. 그 시절의 누군가가 자기네 세상의 단정함과 안온함을 위해 만들어낸 필터의 작동일 뿐이다. 생각하기를 포기했거나, 아니면 처음부터 답은 정해져 있으니 생각할 필요가 없거나. 세상이 아군 아니면 적군, 공산당원 아니면 반동분자로 나뉘는 심플한 세상에 살고 있는 이 검열관 아저씨는 그래서 지역 영화관에서 비현실적인 일이 발생하기 시작했을 때에도 혼자 상황 파악에 한참 뒤처진다.

◆•≫~◆•≪•◆

이 영화의 핵심 사건은 이것이다. 어느 날부터인가 '자유극장'에서 상영되는 영화의 인물들이 스토리라인을 제멋대로 벗어나서 극 전개상 죽어야 할 인물인데 죽기를 거부한다거나 스크린

별 웃기지도 않은 해프닝인 것 같은데 아저씨는 진지하다.

밖을 보며 관객에게 훈수를 두기도 하는 비현실적인 일이 일어난다. 다들 어떻게 이런 일이 벌어지냐며 놀라워하는 중에 검열관 아저씨는 이 간단한 문제를 왜 이해 못 하냐는 듯 예술을 이용한 저항, 반동일 뿐이라고 일갈한다. 아저씨의 눈에는 이 사건으로 혼란스러워하고 있는 사람들이 바보 같아 보일 뿐이다. 무슨 생각이 더 필요하단 말인가. 죽어야 할 인물이 죽기를 거부한다는데 반동이지. 반동이면 막으면 그만이지. 프레임에 단단히 썬 사람들은 눈을 가리고도 천릿길을 내다보고, 듣지 않아도 귀가 하늘에 닿아 본인에게만 자명자백한 일들에 대해 거름망 없는 입으로 쏟아내기를 두려워하지 않는다.

결국 아저씨는 직접 영화관에 방문하고 나서야 조금씩 이해가 불가능한 상황을 알아가기 시작한다. '자유극장' 내에서는 주객이 전도되고 권력관계가 뒤바뀌었다. 본래 영화관에서의 권력은 관객에게 있다. 시선은 관객에게서 배우로 향한다. 관객은 보는 주체이고 스크린 속 배우는 노출되는 객체이다. 일반적인 영화관에서는 이 권력관계가 뒤바뀔 일이 없다. 하지만 '자유극장'

에서는 배우들도 관객을 보기 시작한다. 관객들도 노출되는 것이다. 스크린을 사이에 둔 두 세계는 이제 평등해졌다.

　주인공 아저씨의 입장에서는 적잖이 당황스러운 일이 아니다. 영화를 보는 것은 당연했고, 된다/안 된다 허락하는 일도, 거부하는 일도 아저씨의 소관이었다. 자기 권한으로 필름을 잘라라 말아라 명령했는데, 그래서 여차하면 다 거부해버릴 수도 있었던 '것'들인데, 저것들이 누구 앞이라고 자기들 멋대로 나는 나의 존엄성을 지킬 권리가 있다며 영화 속에서 안 죽겠다고 버티지를 않나, 풍기문란하게 욕을 하질 않나. 그래서 안 그래도 심기가 불편한데 관객들은 거기에 대고 속 시원하다고 "브라보"까지 외친다. 그 광경을 보는 주인공 아저씨가 속이 타는지 영화를 보다 담배를 물었다. 그런 아저씨에게 스크린 속 배우가 던진 한마디. "거기 자네, 담배 끄게." 그리고 쏟아지는 관객들의 비웃음. 우리의 아저씨는 기절하고 말았다. 귀신이라도 본 것 같아서? 아니. 우리의 아저씨는 "스크린이 [그]에게 훈수를 두는 것 따위를 견딜 수가 없어"서 차오르는 열불을 못 참고 쓰러진 거였다.

친구든 지인이든 직장에서 만난 사람이든 종종 '저 사람은 나한테 왜 저러지?' 싶은 생각이 들게 만드는 사람들이 있다. 자연스럽지 않고 불편한 사람들. 바라는 게 있는 것 같긴 한데 그게 뭔지에 대해서는 똑 부러지게 말하는 법이 없고, 자기 딴에는 이쯤하면 알아듣겠지 싶어서 말하는 모양인데 듣는 사람 귀에는 맥락 없이 저게 무슨 소린가 싶은 말만 늘어놓는 사람들. 난데없이 으스대거나 어떨 땐 뾰로통하다가 오늘은 무슨 약을 먹었나 싶게 별안간 프로페셔널한 척을 하는 사람들이 있다. 밥 먹다 몇 마디라도 대화를 나누고 나면 이게 도통 뭔지 모르겠지만 묘하게 기분이 나쁘고 방금 내가 뭘 당했나 싶은 기분이 드는 그런 사람들. 분명 날 오해하고 있는데 잘 아는 척, 나의 의도를 못 알아들어서 저러는 건지 일부러 왜곡을 하는 건지 시시콜콜한 일상의 말에도 자기 해석을 덧붙여서 날 조물조물 주무르려는 사람. 이런 사람을 만나면 위계의 문제를 생각해보는 게 종종 해결에는 도움이 안 되어도 이해하는 데에는 도움이 되는 때가 있다.

사람과 사람 사이에는 늘 위계라는 것이 발생한다. 상하관계가 명확한 조직 내에서는 말할 것도 없고, 소위 학력이나 직업처럼 명시된 바는 없으나 전반적인 문화에 따라 정해지는 서열에 의해서 위계가 발생하기도 할뿐더러 사실 오늘 입고 나간 옷 스타일, 사람의 생김새 혹은 말투에서 느껴지는 분위기에 따라서도, 혹은 오늘따라 날이 서 있는 사람이냐 허허실실한 사람이냐에 따라서도 일상에서 사람이 숱하게 마주치고 헤어지는 순간, 관계에서는 위계가 발생했다가 사라지곤 한다. 세상 사람이 다 똑같지 않은 이상, 문화적으로 좋은 것과 나쁜 것의 상대성이 있고 호불호가 있는 이상 위계가 없을 수는 없겠지 싶으니까 그래 거기까지는 인정. 하지만 갈등과 마찰이 발생하게 되는 것은 대개 위계관계를 힘의 관계로 생각하고 권력을 부리려고 하기 때문이다.

단순하게 생각하면 높은 사람이 아랫사람에게 권력을 부려 그들을 통제하려고 하는 그림이 먼저 떠오르겠지만 권력을 가지고 마찰을 일으키는 것은 위계가 높은 사람 입장에서만 할 수 있는 일이 아니다. 내가 위에 있으므로 너를 통제할 수 있다는 착각, 자꾸 평등하게 구는 것 같은데 내가 너보다 위에 있다는 걸 잊지 말라는 주지도 있겠지만 내가 아래에 있는 것처럼 보이나 나는 절대 너보다 아래에 있는 것이 아님을 증명해보이겠다는 의지로 멀쩡한 사람을 아래로 끌어내리려는 행패를 부릴 수도 있는 일이다.

각자의 자리에서 각자의 일만 도모하면 되는 것인데 사람이 사람을 만나면 참 그렇게만 되지는 않는다. 관계에서 형성되는 위계와 타인을 통제하고 내 뜻을 관철시키려는 욕심이 만나 때로는 거만함이나 때로는 자격지심이 관계 이상의 힘과 권력을 생각하지 못했던, 그래서 전투 의지라곤 하나 없는 사람들에게 도리어 생채기를 내기도 한다.

◆◈◈◈◆

주인공 아저씨가 못 이긴 열불이란 것도 마찬가지. 자신의 권한은 글과 영화에 미치는 것인데 사람에게까지 미치는 것이라 착각했기 때문에 감히 스크린 속 배우가 나에게 담배를 끄라 마라 했다는 것에 활활 타올랐던 것이다.

그런데 그러던 아저씨가 변했다.

깍두기는 서러워 집으로 갑니다

지금은 돼지가 진짜 돼지인지 정부인지 따위와 씨름하는 검열관이지만 아저씨도 소싯적엔 명망 높은 예술가였다. 그래서 아무렇지 않은 것 같아도 아저씨는 두통을 달고 살며 늘 두 개의 자아와 씨름한다: 억압의 자아와 자유의 자아. 검열관으로 일하는 동안은 자유의 자아를 억누르며 살았지만 억압과 자유의 갈등이 수면 위로 드러난 '자유극장' 해프닝에 아저씨의 내면도 자극을 받고 갈등하게 된다. 두 개의 자아가 너무 극단적인 대립항인지라 중간 지점을 찾을 수는 없다. 이것 아니면 저것. 그는 선택의 기로에 섰다.

'자유극장' 사건은 공산당서기가 개입하면서 일파만파 커진다. 공산당 측은 지금은 영화 한 편에서 이런 사태가 발생했기 때문에 이 영화만 막으면 그만이지만 자칫 이런 현상이 다른 영화로 번지면, 급기야 전파를 타고 전국으로 확산되기 시작하면 그때는 저항과 반항과 자유의 맛이 온 나라로 퍼져 누구도 소요와

난리를 막을 수 없을 테니 필름을 태워버리자고 주장한다.

　필름을 태우면 도망가지 않는 이상 그 안에 있는 배우들도 죽게 된다. 살인을 불사할 만큼 그들은 대중에 대한 자신의 통제력을 잃는 것을 두려워했다. 이에 맞서 우리의 아저씨는 지난 15년간 온갖 더러운 꼴 많이 봤지만 살인자는 될 수 없다고 외쳤다. 그리고 마음을 정했다. 자유의 자아를 택하기로. 그래서 스크린을 넘어 영화 속 자유의 세계로 들어갔다. 그곳에서 환영받으며 함께 자유를 누렸으면 좋으련만. 자유의 세계에 들어갔더니 이번엔 예전에 자신이 검열하느라 잘라냈던 컷에 등장한 배우들이 찾아와서 죄는 지었으나 벌은 받지 않을 셈이냐고 그를 공격하기 시작했다. 결국 초라한 몰골로 아저씨는 영화 속에서 현실로 다시 도망쳐 나온다.

　이것 아니면 저것, 수틀리면 이것도 아니고 저것도 아닌 플레이어. 이쪽에서 잘하면 저쪽에서 욕먹고, 저쪽 가서 잘하면 또 이쪽에서 욕먹는, 그렇게 이편에도 저편에도 끼지 못하다가 딱히 응원할 곳도 없어 흙바닥만 쳐다보게 되는 존재, 깍두기. 아저씨는 영락없이 깍두기가 되고 말았다. 그것도 미움 받는 깍두기. 그 래서 갈라진 두 팀이 열심히 싸우든지 말든지 일단은 자기 마음 추스르는 게 급해서 아저씨는 게임에서 빠져 집으로 돌아가 커튼 을 치고 어둠 속에 머무르기로 했다.

+─◈─◈+

편이 없으면 방패가 없다. 편이 없으면 방패막이가 없는데 사 방은 적이다. 개인으로 살다가는 자신의 이익을 위해 뭉친 사람 들이 한 팀으로 나타났을 때 개인으로서 누리던 좁은 바운더리조 차 속절없이 침해받게 될지 모른다. 그래서인가? 그래서 우리는 서로에 대한 배제와 좁혀지지 않는 간극을 유지하며 안으로는 지 키고 밖으로는 미워하는 동고동락을 계속하는 걸까? 가상공간이 라는 것이 등장해서 모두가 저마다의 목소리를 높일 수 있는 세 상이 열렸을 때 누군가는 개인에 대한 존중과 다양성이 보장되는 사회가 열릴 거라 기대함과 동시에 모든 사람들이 개체가 되어 흩어져버릴까 봐 걱정했다던데. 걱정은 지나친 우려로 흩어지기

는커녕 전례 없이 큰 규모의 군집들이 생겼다. 그리고 그 속에서 나의 안위를 지키기 위해 너를 미워하는 일들이 범람하고 있다.

바르샤바에 머무는 어느 일요일에 길에 모금 운동을 하는 학생들이 유독 많은 날이 있었다. 모금을 하면 빨간색 하트 모양 스티커를 줬고 바르샤바 사람들은 훈장처럼 그 스티커를 붙이고 다녔다. 문화과학궁전 앞에는 대관람차와 각종 이벤트 천막이 가득 들어섰다. 무엇보다 해가 떨어지니 가로세로로 길게 도열한 문화과학궁전 건물의 창문들이 커다란 하트 모양을 만들어 빛을 뿜어서 사람들의 가슴팍에 붙은 빨간 하트들과 함께 빛났다.

이날은 특별한 날이 맞다. 연중 딱 하루, 폴란드 전역에서 대대적인 모금 이벤트를 여는데 이날 걷힌 기부금은 주로 어린이들을 돕는 데에 쓰인다고 했다. 십시일반 모이는 모금액이 무척 클뿐더러 사실 액수와는 상관없이 폴란드인으로서의 유대와 연대, 그리고 긍지를 확인하는 자랑스러운 날, 외국인으로서는 부러운 날임이 분명했다.

그런데 바로 이날 아침, 폴란드 현대사에서 의미가 깊은 도시, 권위주의 공산국가 시절 비폭력 평화시위로 연대하여 폴란드 역사의 새로운 국면을 열었던 도시 그단스크에서 모금 이벤트 도중 도시의 시장이 극우 청년의 칼에 찔려 사망하는 사건이 발생했다. 20년 넘게 시장을 맡아온 그는 그단스크 사람들이 아버지처럼 생각하는 인물로 자본주의 경제체제 진입 이후 경제적 쇠락을 면치 못했던 그단스크에 다시 번영을 가져다 준 인물이었다. 그러나 그것과는 별개로 외국인과 이민자들에 관대했던 그의 성향이 극우주의자들과 갈등했고 결국 암살의 표적이 되었다. 아이러니하게도 사랑이 반짝이는 날, 연대의 도시에서.

그 사건이 일어난 이후 일주일간 애도와 추모가 이어졌다. 구시가지에서 침묵의 추모제가 열렸고 성당에서도, 공연장에서도 늘 침묵으로 추모하는 시간을 가졌다. 침묵이었으나 슬로건은 있었다. 혐오를 멈추라는 것. 그렇게 사람들은 침묵으로 연대하여 혐오에 목숨을 빼앗긴 정치인을 추모했고, 그러함으로써 혐오에 저항했다.

같은 인류애를 공유하는 인간이지만 결국 외국인이어서 이방인인 나는 그들의 의연하고도 굳건한 추모와 저항을 존경했다. 그리고 그 확고함에 걱정했다. 세계적으로 극우와 자유주의자들 간의 대립이 심해서 극우의 테러는 늘 혐오 범죄 프레임이 씌워지고 멈추라는 명령을 받는데 무고한 이들에 대한 이 악랄한 범죄를 멈춰야 하는 것은 당연하나 그 당연함과는 별개로 혐오 자체는 자생하는 것이 아니어서 단순히 멈추라는 명령만으로 멈출 수 있는 것이 아니라는 것을 이해하는, 그런 배려의 여지없음이 걱정이다.

너희는 '왜'라는 질문을 던지는 목소리가 멈추라고 명령하는 거대한 목소리에 묻혀버린 것 같다. 혐오를 덮어놓고 혐오만 한다면 그 혐오도 그다지 나을 것 없는 혐오다. 물론 나는 이 말을 큰 목소리로 할 수 없다. 내 말을 무시해준다면 감사한 일이고 아니면 나도 숫제 극우주의자로 몰릴 판이다. 그래서 걱정이다. 요즘은 어느 편으로 들어가지 않으면 입도 뻥긋하기가 너무 어려워졌으니까. 깍두기는 서럽고 두려워져 집에 가서 숨기로 한다.

폴란드 말을 몰라서 생긴
에피소드 셋

하나.

"진 도브리!"

한글 글자 체계로는 완벽하게 표기할 수 없는 희한한 입 모양과 혀 굴림을 포함한 소리. 한글로 표현할 때 그나마 '진 도브리'와 가장 비슷한 울림의 소리를 폴란드에서 외친다면 그들은 우리가 이 땅에서 말하는 '안녕하세요?'의 의미로 받아들이고 당신에게 같은 소리의 울림으로 화답할 것이다.

바르샤바에 도착한 지 얼마 되지 않아서 아직 "안녕하세요"
도 "감사합니다"도 들으면 듣는 대로 머릿속에 들어와 한꺼번
에 뭉개지던 그때, 같은 건물의 다른 스튜디오에 공사하러 오신
풍채 큰 아저씨가 계단 오르는 나를 마주치곤 "진 도브리!"라고
호탕하게 외쳤다. 저게 도대체 무슨 말인가 싶어서 일단 영어로
라도 고맙다고 대답하고는 쭈뼛쭈뼛 영문 모를 표정으로 지나쳐
왔다.

　　문 닫고 방에 들어와 찾아보니 그게 그 흔한 "안녕하세요?"였
다니. 내가 창피한 것도 창피한 거지만 그 아저씨는 오죽 민망했
을까 싶었다. 하루 종일 할 수 있는 말이 없어서 입을 꼭 다물고
있던 나에게 말을 걸어줘서 고마워했던 마음은 진심이었으니 어
차피 내 모국어로 말했어도 전달하지 못했을 그 진심이 텔레파시
라도 타고 전해졌기를 바라며 그날 밤에 우선 인사말은 다 외워
놓았다.

둘.

말이라는 게 그것이 친절의 말이든 거부의 말이든 욕이든 일단 내가 모르는 언어로 말하면 겁이 나는 것 같다. 화장실도 손잡고 짝지어 들어가는 것을 보니 아직 미취학 아동인 것이 분명한 아이들과 공교롭게도 좁은 공간에 함께 있어야 했던 적이 있다. 나를 신기하게 보던 아이들이 저마다 한두 마디씩을 하다 웃었다. 그게 내가 혼자 어른이어서 그런 건지, 혼자 조금 다르게 생겨서 그런 건지, 아니면 나와는 상관없는 다른 얘기를 한 건지는 모르겠는데 어쨌든 그 작은 입에서 나오는 올망졸망한 소리들이 나는 왜 그렇게 섬뜩했는지. 모르는 언어는 깨끗할 것밖에 없는 아이들 입에서 나와도 종종 누구도 휘두른 적 없는 칼이 되는 모양이다.

셋.

폴란드 민족지학박물관 꼭대기 층에서 옛날에 고기 잡을 때 썼다던 쪽배를 보고 있었다. 소달구지에 쟁기 같은 것들도 있었고 가정에서 썼을 법한 나무그릇들과 '해그리드' 아저씨가 걸쭉하게 한잔하시면 딱 좋을 커다란 대왕 맥주잔이 전시의 형태라기보다는 창고의 형태로 수북하게 쌓여 있었다.

이런 걸 보러 온 것은 아니었지만 있는 게 그것뿐이라 열심히 보고 있는데 전시실을 지키는 직원 세 분이 모여서 쑥덕쑥덕 큰 소리를 내기 시작하셨다. 세 분 모두 중년 여성, 그러니까 소위 '아줌마들'이셨고 모르는 말이 빠르게 오고 가고 슬슬 언성도 높아졌다 낮아지니 '이야! 내가 이 먼 땅까지 와서 싸움 구경을 다 해보나' 싶어서 그 언성의 높낮이 사이에 내가 있으리라고는 상상도 못 했다.

달구지의 정교함은 한반도가 낫다는 하나마나한 생각을 하고

있는 나에게 한 분이 다가오셔서 폴란드 말로 말을 걸어오셨다. 저, 처음 뵈는 어머님. 제가 알아들을 리가 없는걸요. 따라잡지도 못할 아주머니 입만 유심하게 바라보자 그분이 얘는 틀렸다는 듯이 그냥 나를 끌고 가셨다. 못 알아듣는 걸 아시면서도 계속되는 폴란드 말. 어쩐지 내가 들어설 때부터 의아해하시더라니. 갸웃 갸웃하실 때 알아보고 알아서 나갔어야 했나!

이상한 복도로 끌려간 끝자락에서 나를 기다린 것은 소형 크기의 화물용 승강기. 이걸 타라고요? 눈앞에 펼쳐진 뜻밖의 풍경에 더해 밀어 넣는 안내원 아주머니의 완력에 더 깜짝 놀라서 아연실색한 표정으로 '노노노노!'를 연발하며 내리려고 했더니 '야, 그게 아니라고!'라는 듯 무조건 나를 밀어 넣으시고는 층수 버튼도 본인이 눌러주시고 문 앞에 서서 내려가 보면 안다고 손으로 휘이휘이 날 보내셨다.

'윙'하고 울리는 특유의 화물용 엘리베이터 기계 소리. 내 스릴러적 상상력은 3층에서 운명의 층에 내려가기까지 계속됐다. 본래 공포 영화에서 이런 장면이 나오면 전기가 깜빡깜빡하다가

꺼지고 다시 불이 들어온 다음에는 눈앞에 스크림 마스크를 쓴 살인마가 칼을 들고 서 있던데! 그렇게 내가 숨은 제대로 쉬었는지 기억도 안 나는 천 년 같은 몇 초가 지나고 문이 열렸을 때 눈앞에 나타난 것은 또 다른 중년 여성 안내원의 방긋한 미소.

"진 도브리, 영 레이디!"

엘리베이터 앞에서 나를 기다리고 계셨던 그분을 따라가 나는 비로소 민족지학박물관의 메인 전시실을 볼 수 있었다.

그러니까 나의 호들갑으로 더 부풀어진 소동의 전말은 짐작컨대 이러하다. 내가 메인 전시실에 들어선 지 얼마 되지 않아 방송국 사람들이 우르르 몰려 들어와서 리포터를 대동하고 촬영을 시작한 것으로 보아 그날 내가 방문한 시간에 메인 전시실에는 촬영이 예약되어 있었던 모양이다. 그 탓에 출입을 막아놓아서 나도 입구를 못 찾고 그저 눈에 보이는 계단을 따라 올라가 3층에 당도한 것이고. 안내원 분들이 보시기에 먼 나라에서 온 관광

객인 것 같은데 소달구지를 그리 진지하게 들여다보고 있으니 뭘 알고 온 것 같지 않아 또 올 리는 없고, 이대로 돌아가 폴란드의 민족지학은 소달구지로구나 할 게 분명한 이 아가씨를 메인 전시실에 들여보내네 마네 논의를 하셨던 것 같다. 결국 직원들만 아는 엘리베이터에 실어 내려 보내신 것이고.

과정의 드라마틱함까지 더해져 그때 무척 감사했는데 바르샤바에 머무는 동안 그런 식의 친절은 비일비재했다. 난처하게 있을 때 도와주시는 분들은 주로 폴란드의 중년 여성들. 조금은 소란스럽고 억척스럽게 변해버린 그녀들의 우악스런 손이 일부러 찾아가서 먹는 한식보다 더 고향이었다.

외로운 사람들의 사랑

안나와의 나흘 밤 예르지 스콜리모프스키, 2008

새해의 첫날을 영국의 서쪽 해안가 끄트머리에서 맞이한 때가 있었다. 비가 오지 않아도 머리가 젖어드는 그곳에 서서 멀리 보이는 저 막막한 구름이 걷히면 틈새로 비치고 있는 빛들이 마침내 내 빛이 되리라 믿던 시절이었다. 그곳은 그랬다. 영상을 넘나드는 기온인데도 공기에 물기가 많고 그 물기를 다 실어 나를 만큼 바람이 세서 공기가 완강하게 쓸고 지나갈 때면 축축함이 온몸을 휘돌아나갔다.

다시 겨울. 바르샤바 대법원 앞에서 신호를 기다리고 있는 지금은 머리끝이, 손끝이 바짝바짝 얼어붙어 올라온다. 세차게 때리거나 등 떠미는 바람

대신 투명하고 창백하게 얼어붙은 찬 공기가 묵직하게 내려앉는 바르샤바의 겨울. 이대로 얼어붙으면 새하얀 소금기둥이 되지 않을까? 바르샤바의 겨울은 밤사이 눈이 내리고 낮 사이에 녹았다가 다음 날 일어나 보면 또 눈이 쌓여 있는 냉혹한 마법의 계절이니 사박하게 흩뿌려진 눈가루 사이에 소금기둥 하나쯤 서 있어도 어느 누구 하나 눈길을 주지 않을 것 같다.

외로움은 내 인생을 늘 따라 다닌다. 그게 어디든.
술집, 차 안, 길, 가게, 아무데나 다.
탈출구는 애초부터 없었다.
나는 신이 빚은 외로운 사람이니.

〈택시 드라이버〉. 마틴 스콜세지. 1976

예르지 스콜리모프스키 감독의 2008년 작품 〈안나와의 나흘 밤(Four Nights with Anna)〉. 아마 한국에서도 한 영화제에서 상영을 한 적이 있는 모양이다. 겨울, 폴란드의 냉기, 물 먹은 탈지면처럼 미동 없는 하늘, 빛 한 점 없는 응달의 어두움이 고스란히 담겨 있어 마음이 치이고 몸이 시리는 영화. 이 냉담한 배경의 영화 속에 물건을 훔친 적은 없지만 해고는 당해야 하고, 강간은 한 적이 없지만 감옥에는 가야 했던, 늘 수그린 어깨에 남들 다 있는 그림자 하나조차 없는 남자가 등장한다.

흉측한 몰골 때문에 종탑에서 숨어 사는 것이 자신의 숙명이라 이해했던 콰지모도가 착한데다 현실적인 분별력까지 갖춘 캐릭터라면 이 남자는 그저 천진하다. 자신의 사랑이 이루어질 수 있으리라 믿었던 레온 오크라사. 그의 천진함을 감당하기에는 폴란드의 겨울이 너무 차다.

•❦•

외로운 사람이 사랑 비슷한 것을 만나면 비현실을 낳는다. 마틴 스콜세지 감독의 〈택시 드라이버〉에서 자신의 존재를 외로움이라 규정하는 트래비스는 어쩌다 길에서 만난 나이 어린 성매매 여성을 구하는 것이 나도 원하고 그녀도 원하는 자신의 소명이라는, 사실과는 동떨어진 꿈을 꾼다. 또 다른 폴란드 영화 연출가 크쥐시토프 키에슬로프스키 감독의 〈사랑에 관한 짧은 필름〉에 등장하는 순수 청년 도메크는 혼자서 하는 사랑도 사랑인 줄 알아 한 여자를 숨어서 끈질기게 지켜보았으나 그녀를 두 번도 아니고 딱 한 번 실제로 만났을 뿐인데도 그 한 번의 만남에 비현실이 얼어붙은 유리창 깨지듯 와장창 내려앉아 그 깨진 조각으로 손목을 끊고 자살을 시도한다.

근래에 인공지능이라는 것이 지금보다도 더 희미해서 그에 대한 두려움과 호기심만 앞섰던 시기에 개봉한 스파이크 존스의 영화 〈그녀〉. 이 영화에 등장하는 대필 작가 테오도르는 인공지능과의 사랑이라는, 사랑한다는 감정 이외에는 아무 실체가 없는 사랑에 빠진다. 밖으로 뻗지 못하고 내면에서 한껏 부풀어 오르는 감정들이 이들을 잠식해가다가 어느 순간 그 감정들이 외부의 충격으로 풍선 터지듯 터져버렸을 때. 그 난망한 마음들은 보는 사람으로서도 얼마나 난처한 것인지 모른다.

◆◇◆

〈안나와의 나흘 밤〉의 주인공 레온 오크라사는 외로운 사람이라는 말이 부족한 사람이다. 그는 세상의 끝에 있는 사람이다. 걸음걸이만 봐도 그가 얼마나 유약한 사람인지 느낄 수 있는데 만일 마치 소싸움이라도 하는 것처럼 아무 무기도 들지 않은 사람들을 들판에 가득 모아 두고 맨몸으로 싸우라고 한다면 레온은 거기에서 도망쳐 나올 생각도 못하고 주저앉아 울 사람이다.

외로운 사람이 사랑 비슷한 것을 만나면

비현실을 낳는다.

아니면 기절을 하거나. 그는 늘 가는 곳을 모르는 발걸음으로 황망하게 걸으며 사위를 경계하는 큰 눈을 뜨고선 어디선가 새라도 날아들 것처럼 어깨와 목을 잔뜩 움츠린다. 언제 어디서나 세상이 나를 공격할 수 있다는 것을 알고 있는 사람, 알고 있다 한들 속수무책으로 당할 채비만 되어 있는 사람이다. 그는 세상에서 밀려났고, 밀리고 또 밀려나 병원의 시체 소각장에서 시체 태우는 일을 하며 산다. 부패한 시체 냄새가 나는 그 어둡고 축축한 곳엔 죽은 자가 아니면 아무도 오지 않는다. 그는 버려진 사람이다.

그런 그가 사랑에 빠졌다. 낮에는 시체 소각장에서 시체를 태우고 밤이 되면 헛간 같은 집으로 돌아간다. 집 안의 불을 다 끄고 빛이라고는 담뱃불밖에 없는 어두운 공간에서 사람 얼굴 하나 들어가면 딱 맞을 크기의 쪽창으로 건너편 집에 사는 한 여자를 지켜본다. 믿어도 좋을 때까지는 섣불리 드러낼 수 없는, 마음이 연약한 자의 은폐와 엄폐를 한 사랑. 그녀가 차를 마시면 자신도 차를 타서 마시고, 그녀가 친구와 건배를 하면 자신도 건배를 하고, 여자는 알지도 못하는 사이에 레온은 혼자 어둠 속에서 그녀와 시간을 나눈다.

　거기까지일 줄 알았다. 길 건너편이라는 물리적 거리를 무시한 레온의 망상 속에서만 사랑인 사랑이었으면 좋았을 것을 레온은 허공에 존재하는 사랑을 현실로 끌어내린다. 여자가 밤마다 차에 설탕을 타서 마신다는 것을 안 레온은 똑같은 병을 준비해서 설탕과 수면제를 섞어 넣은 뒤에 여자의 창가에 있던 설탕병과 바꿔치기를 한다. 설탕인 줄로만 알고 차에 수면제를 타 마신 여자가 잠이 들었다는 것이 확인되면 레온은 철조망을 뚫고 공터를 가로질러 그녀의 집으로 간다. 그리고 창틀을 넘어 방으로 들어간다. 길거리에서 그녀를 마주치기라도 하면 소스라치게 놀라 벽 뒤로 숨어 숨을 고르며 훔쳐보기만 하는 그가 수면제의 약효를 과히 믿는 탓인지 자기 방 드나들듯 드나드는 그 일이 나흘간 반복된다.

　나흘간 그는 다정했다. 첫째 날 밤에는 셔츠의 떨어진 단추를 달아줬고, 천둥이 치고 비가 퍼붓던 둘째 날 밤에는 안나가 채 다 바르지 못하고 잠든 빨간 매니큐어를 마저 발톱에 발라줬다. 안

나의 생일이었던 셋째 날 밤에는 그녀의 손가락에 다이아몬드 반지도 끼워줬다.

그러던 넷째 날 밤에 별안간 공터에 헬기가 착륙한다. 바람이 불고 창이 열리고 물건이 날린다. 바람 탓에 바닥에 떨어져 고장 난 뻐꾸기시계를 집에 가져가 고쳐 와서는 다시 걸어놓기 위해 예의 그 창틀을 넘어가던 찰나 레온은 들이닥친 경찰에 깜짝 놀라 커튼을 뒤집어 쓴 채로, 어쩌면 사람들이 생각하는 그와 가장 어울리는 우습고 바보 같은 꼴로 발각된다. 그의 어둠 속 비현실의 사랑이 결국 쨍쨍한 현실의 빛으로 끌려 나오게 되었다.

레온 오크라사-은폐와 엄폐의 사랑

레온이 이런 적극적인 스토킹을 실천하는 동안 영화는 시종일관 불안함을 조장하지만 보는 사람은 그래도 그가 들키지 않기를 바라게 된다. 어두운 안나의 방에 울리는 레온의 투박한 구두 소리가 불안하고 고양이의 그르렁거리는 소리가 불안하고 이유 없이 들리는 한밤중 헬기 소리가, 난데없이 울어 제끼는 뻐꾸기 시계가 불안하다. 안나는 뒤척이고 밖에서는 때맞춰 개가 짖고, 비가 쏟아진다. 음악은 무슨 감정을 표현하든 긴장의 끈만은 놓지 않는다.

영화의 모든 지시체들이 이 이야기가 비극적으로 끝나리라는 것을 암시하고 있었지만, 마지막 나흘째 오후에 레온의 빈집에 경찰들이 찾아와 "어쨌거나 오늘 밤엔 잡을 거니까"라고 말하고 돌아섰을 때까지도 레온이 들키지 않기만을 바랐다. 창틀에 설탕 대신 수면제를 가져다 놓고, 빛 때문에 혹여 들킬까 돌을 던져 가로등도 부수는 이 주도면밀한 스토킹이 들키지 않기를 바랐다면

허공에 존재하는 사랑을 현실로 끌어내린다.

대체 어떤 끝을 바랐던 걸까?

두 번째 날 밤, 천둥이 치고 비가 내리는 밤 레온이 발라줬다던 빨간 매니큐어 말이다. 사실 그가 빨간 매니큐어가 칠해진 안나의 발을 본 것은 그날 밤이 처음이 아니었다. 몇 해 전 역시 비가 내리던 날 낚시를 하던 레온은 비를 피해 빈 건물에 들어가게 되고 그곳에서 우연히 듣게 된 고통에 찬 비명 소리를 따라 들어간 곳에서 성폭행 장면을 목격하게 된다. 놀란 레온은 그 자리에서 망부석이 되고 마는데 그런 그의 눈에 우연히 들어온 것이 빨간 매니큐어와 다리 사이로 흐르는 빨간 피. 멀리 사이렌 소리가 들리고 그 소리에 당황한 성폭행 범인이 도망친 후에야 가까이 가서 여자의 피 흘리는 얼굴을 보지만 이미 넋을 놓아버린 여자의 텅 빈 눈에 레온은 그만 그 시절에도 변함없던 황망한 걸음걸이로 소스라치게 도망쳤다.

그길로 산속을 달려 벌벌 떨리는 손으로 경찰에 신고를 하지만 결과는 레온답다. 레온에 대해 사생아에 할머니 손에 자랐다고 일갈한 판사는 경찰 조사 때 보인 레온의 유약했던 태도를 정황증거로 삼아 가당치도 않은 실형을 선고했고, 그렇게 레온은 어둠 속에서 더 극한 어둠 속으로 끌려 들어왔다.

❧

어둠은 두 가지다. 누군가를 해치기 위해 은밀히 전략을 구사하며 호시탐탐 공격을 노리는 불온한 어둠과 나를 완전히 가려 없앰으로써 보호하려는, 생존을 위한 자기부정의 무기력한 공간으로서의 어둠. 레온의 어둠이 두 번째 어둠이라는 것을 알고 나서부터는 그저 그가 무사하기만을 바랄 뿐이었다. 누구와 만나도 레온에게 칼이 되지 않을 사람은 없을 테니까. 그런 그가 하필 사랑에 빠져 상처받은 안나를 지켜주겠답시고 매일 밤 찾아가 키다리 아저씨의 선행을 베풀고 있는 거다. 대체 누가 누구를?

냉혹한 세계에서 자신의 자취를 지워버리기 위해 내면으로 숨어 들어가 어둠 속에 은신한 자 레온. 그의 안위가 가장 걱정이기에 그의 혼자만 아는 방문이 들키는 것을 바라지도 않았으나 그의 사랑이 성공하기를 바라지도 않았다. 강해질 수 있다면 그 무엇보다 좋겠지만 레온은 그게 불가능한 사람이니 그의 안위를 지킬 수 있는 유일한 방법은 어둠 속에 버려진 채로 그대로 있는 것. 그걸 해결 방법이라고 제시하다니 잔인한 것 같겠지. 생각해 주는 척하면서 두 번 죽이는 것 같겠지. 하지만 레온이 현실의 빛에 노출되었을 때 그에게 벌어진 일을 보면 누구도 딱한 정답을 말할 수 없을 거다.

비현실을 안아줄 수 없는 절대 언어-현실

레온은 또 다시 법정에 섰다. 행위의 연유를 묻는 판사의 질문에 레온은 사랑이었다고 답했다. 진심이었다. 마트에서 수면제로 바꿔치기할 병을 발견하고 웃는 웃음에서는 관음증, 스토킹을 떠올릴 수 없다. 그녀에게 어울릴 좋은 선물을 발견한 사랑에 빠진 남자의 얼굴일 뿐이다. 안나의 셔츠, 안나의 수건에 얼굴을 부비는 레온에게서 섬뜩한 느낌은 없다. 그는 사랑에 빠졌을 뿐이다. 실제로 레온은 연애하는 사람처럼 발걸음에 힘이 생겼고, 걷는 걸음의 목적이 분명해졌고, 더 이상 어깨를 늘어뜨리지 않았다.

레온이라는 캐릭터의 성격만 변한 것이 아니다. 영화는 빛을 이용한 미장센으로도 레온의 변화를 표현한다. 안나의 방에서 처음으로 밤을 보낸 다음 날, 레온에게는 처음으로 그림자가 생겼다. 늘 물 먹은 구름과 축축한 습기와 망연자실을 몰고 다니는 레온에게서는 그때까지 한 번도 그림자가 드러난 적이 없다. 없는 사람인 듯. 유령인 듯. 하지만 그날 아침 하늘에서 내려다 본 레온은 응달에서 빛 가득한 양지로 걸어갔고 그렇게 자신의 그림자를 되찾았다. 이 사랑만 잘 되면, 혹시라도 그가 현실 속으로 들어와 행복하려나 싶었다.

◆━◆◆◆

레온이 체포된 날 밤, 사실 그날 오후 레온은 집에 창을 새로 달았다. 쪽창으로만 안나를 보던 레온이 헛간 같은 집에 어울리지도 않게 커다란 스틸 새시를 사와서 손수 벽을 뚫고 창을 달았다. 창틀에 앉아 안나의 집이 잘 보이나 보이지 않나 몸을 왼쪽, 오른쪽으로 흔드는 레온의 어깨에는 엄마가 돌아온다는 것을 믿고 있는 아이의 설렘이 내려앉아 있었다. 이렇게나 변하고 있었는데 잡히지만 않았다면 결과는 좀 달라질 수 있지 않았을까? 다 쓰러져가는 헛간에 끼워 넣은 새하얀 창문이 버거운 것 같아서 안타깝다.

레온을 안쓰러워할 수는 있어도 인정할 수는 없는 이유. 그에게는 현실인 그 사랑이 우리의 언어 안에서는, 그리고 레온에게는 안된 일이지만 안나의 세계에서는 비현실인 까닭이다. 영화에서 레온의 지극히 비밀스럽고 개인적이어서 비현실일 수밖에 없는 사랑이 현실의 언어로는 절대 서술될 수도, 이해될 수도 없음이 극명하게 드러나는 장면은 재판 장면이다.

"피고는 병원 부속 건물 간호사 기숙사의 안나 P.의 방에 침입한 사실을 인정했습니다. 맞습니까?"

"네, 맞습니다."

"피해자가 자고 있는 동안 피해자의 방에서 나흘 밤을 보냈습니다. 맞습니까?"

"네, 맞습니다."

"어떤 연유로든 피해자와 신체적 접촉이나 성적인 행위를 한 적이 있습니까?"

"없습니다."

"피해자의 방에 방문했을 때 물건을 훔친 일이 있습니까?"

"없습니다."

"피해자의 뻐꾸기시계를 가지고 나온 적이 있다고 진술했는데 사실입니까?"

"네, 사실입니다."

"왜 뻐꾸기시계를 가지고 나왔습니까?"

"고쳐야 했습니다."

"2003년 안나 P.를 성폭행한 혐의로 복역한 적이 있습니다. 그것과 지금의 사건이 관계가 있습니까?"

"네."

"지금까지 계속해서 성폭행을 한 적이 없다고 주장했는데 지금도 그 주장엔 변함이 없습니까?"

"제가 했다는 말씀이신가요?"

"2003년 안나 P.를 폭행하고 강간했습니까?"

"아니요. 하지 않았습니다."

"그럼 왜 피해자의 방에 침입했습니까?"

"……"

"안나 P.의 방에 네 번 침입한 이유가 무엇입니까?"

"사랑입니다."

"더 크게 말씀하십시오."

"사랑입니다."

가장 집약적이고 명쾌하지만 실은 아무것도 설명되지 않는, 듣고 나면 다 이해한 것 같아도 내막을 알고 나면 실은 아무것도 이해한 것이 없는 두 사람의 대화. 사랑이라니! 현실감각 없는 한 남자의 주제넘은 동정심, 사랑, 지켜주고 싶었던 마음이 피고, 침입, 절도라는 간단한 말로 치환되는 자리에서, 더욱이 그렇게 치환된 언어들이 더 적절하고 과학적이고 객관적이며 사실적인 말이라고 받아들여지는 자리에서 난데없이 사랑이라니! 마지막 더 크게 이야기하란 주문에 울먹이며 말한 '사랑' 앞에서 사람들은 웃었고 법정을 지키던 안나는 자리를 떴다. 이 순진한 아저씨를 어쩌면 좋단 말인가? 반쯤은 허탈하고 반쯤은 레온 오크라샤와 함께 무기력으로 빠져 든다. 불가능하다. 레온에게 현실 언어를,

그것도 물질주의적이랄 만큼 눈에 보이고 손에 잡히는 것만 서술하는 지극히 객관적인 법정 언어를 주고 이것으로 당신의 행위를 설명해보라고 주문한다면 그것은 자세한 사정이야 어찌되었든 이 말로 당신의 행위를 설명할 수 없으므로 당신을 유죄에 빠뜨리겠다는 선언을 한 것과 다름없는 일이 될 것이다.

＊◦◦＊

우리의 언어에는 누군가에게는 지극히 현실인 것도 다 담아낼 수 없는 불완전한 영역이 있다. 설명할 수 없기에 없는 것이 되고, 이해받을 수 없는 것이 되고 만다. 언어라는 것이 때로는 그렇게 깔끔하기 위해 난도질을 마다 않는 잔인한 것이다.

'이 사람한테는 내가 영원히 이해받을 수 없겠구나.' 연애라는 게 길어질수록 확실해지는 이 감정. 내가 아는 누군가는 그랬다. '아, 이 사람은 나를 절대 이해할 수 없구나'를 알았으니 그 또한 하나의 인간 이해에 다다른 거라고. 알아 외로움에 더 빠져들 이해라면 차라리 이해하지 않는 편이 좋지 않나 싶은데 살면서 이런 종류의 안 하느니만 못한 이해는 왕왕 끊임이 없다.

비현실까지는 아니더라도 누구에게나 다 말로 표현되지 않는 부분이 있어서 표현할 수 없으니 알아봐주기를 바라게 되고, 알아봐주는 것 같은, 알아봐 줄 것 같은, 알아봐줬으면 싶은 사람이 나타나면 그에게 내 온 존재를 기대게 된다. 그게 자꾸 삐걱대는 이유는 우리가 가진 도구가 어쩌면 불완전한 언어, 그것 하나이기 때문인지도 모른다.

처음부터 없었던 일

안나가 교도소로 찾아왔다. 다이아몬드 반지를 돌려주며 몇 해 전 성폭행 사건의 범인이 당신이 아닌 줄은 알지만 나는 이곳에 다시 오지 않을 거라는 말을 하고 떠났다. 완벽하게 떠났다. 레온이 여전히 냉담한 하늘과 한기에 떨며 집으로 돌아갔을 때 건너편에는 안나도, 안나가 살던 건물도 마치 처음부터 아무것도 없었다는 듯이 사라져 있었으니까. 이제는 비현실을 발휘할 대상 자체가 완벽하게 제거되어버렸다.

처음부터 어울리지 않았던 그 커다랗고 새하얀 창문만 남았다. 대개는 세상으로의 한 걸음, 탈출, 개방성의 메타포가 되는 창이 레온에게는 다른 의미였던 거다. 레온의 창은 집 안에만 있던 비현실을 건너편 안나의 집까지 확장하는 창이었을 뿐 새로운 세계로 가는 창은 아니었다. 오히려 비현실에 확고히 안착할 수 있으리란 믿음의 창이었다. 그리고 모든 것이 사라진 지금, 레온이 끝내 버리지 않았던 믿음만 남아 또다시 갈 길을 잃어버린 두 발이 빈 공터를 헤맨다.

영화는 그렇게 끝이 났는데 레온은 어떻게 되었을까. 콘크리트 조각 하나 남기지 않고 다 사라져버린 공터 위를 어찌할 줄 모르는 걸음으로 빙글뱅글 돌다가 머리끝부터, 손끝부터 서서히 얼어서 사박한 소금기둥이 되지 않았을까. 그러다 봄이 오면 한 점 한 점 땅에 툭 떨어져 나가 바스러져 흩어지고 솔솔 바람에 댕글댕글 굴러 다 사라져버렸을 것만 같다. 비현실이라는 게, 혼자 한 사랑이라는 게, 나만 아는 꿈이라는 게 현실에 걸러지고 걸러지면 다 없던 듯 사라지는 거니까.

무덤 파는 사람들

아침에 묘지에 갔어.

봄이 조금씩 오려고 해서 햇살이 좋으니까 내가 마음을 너무 놓았나 봐. 무덤 사이로 난 길이 구릉처럼 일렁이는 걸 보고 나도 같이 일렁여서 길을 따라잡다가 너무 깊숙이 들어간 거 있지. 봄은 아직 오는 중이고 겨울은 채 다 지나가지 않아서 멀리서 봤을 때는 고슬고슬했던 땅이 직접 밟아보니까 진흙이더라고.

그래서 이제 그만 돌아갈 생각으로 다른 길로 들어섰는데, 너 나 겁 많은 거 기억하니? 겁도 많은 게 호기심은 쓸데없이 지나쳐서 밤마다 멀리멀리 산책하자고 해놓고 어둠 속에 누가 나타나기라도 하면 꼼짝 얼어붙어서는 네 말에 대답도 잘 못했잖아. 눈앞에 꼭 80년대 컬러사진에서 튀어나온 것 같은 낡은 사람들이 앉아 있었어. 입고 있는 점퍼도 낡고 웃음도 왠지 빛바랜 듯 낡아서 그 사람들 사이로 걸어 들어가면 다른 시공간으로 빠져버릴 것 같은 거야. 그런데 겁먹은 걸 들키면 정말로 큰일이 날까 봐 계속 걸었어. 한 20미터 되는 그 길을, 이방의 여자를 홀끔홀끔 쳐다보는 눈길을 받으면서, 속으로는 '이상하다, 정말 이상하다' 하면서, 왠지 더 추운 것 같은 그 길을 잔뜩 긴장한 채로 걸어간 거야. 왼편으로 그런 사람들이 길게 앉아 있는데 오른편을 보니까 사람들이 무덤을 두어 개 파고 있더라고. 유독 여기만 죽음이 내려앉아 있는 건 이장하는 사람들 때문인가보다 싶어서 마음을 다스려 보려는 찰나에 끝자락에 앉아 있는 내 또래 청년하고 눈이 마주쳐버린 거야. 그 사람 눈에 가득한 건 증오인 것 같았어. 벌거벗은 눈으로 나를 쏘아보는데 나는 그 벌거벗음을 감당할 수 없으면서도 눈길을 피하지 못했어. 증오 뒤로 물컹한 것이 보일 뻔도 했지만 잘 모르겠어. 나는 내가 겁에 질리면 눈앞에 무엇이 있든 도망가 버리는 비겁한 사람이었잖아. 그렇게 나는 또 길을 등지고 돌아섰어.

한참을 아무 일도 없었다는 것에 안도하고 걷다가 문득 그런 생각이 드는 거 있지. 모퉁이를 돌기 전에 한번 돌아볼걸. 방금 본 모든 것들이 진짜인지 아닌지 확인해볼걸. 돌아보면 다 환영이었을 것 같은데, 다 사라져서 내 종종거린 발걸음만 남아 있을 것 같은데. 하지만 알 수 없었어. 내가 내 겁에 쫓겨서 돌아보지 못하고 그냥 왔으니 나는 그게 다 진짜였는지 환영이었는지 확인할 길이 없어.

아마 너도 알겠지만 며칠 전에 네가 받은 그 전화는 내가 건 전화가 맞아. 나는 이따금 너에게 전화를 걸었고, 그 '이따금'이라는 빈도에 시간이 덧대어지니까 그게 숱한 것이 되고 말았는데 그 숱한 기다림 끝에 네가 전화를 받으니까 그제야 깨달아지더라고. 나는 이제 더 이상 너에게 하고 싶은 이야기가 없어.

어느 훗날엔가 돌이켰을 때 머릿속에 네 이름이 고작 글자로만 남을까 봐 나는 미리 아쉬워. 한때는 보고도 본 적 없노라고 믿고 싶었던 기억들이었는데 지금은 그 추억도 많이 사라져서 눈앞에 잘 그려지지가 않

아. 그래도 종종 마치 본 것처럼 웃곤 해. 바르샤바에 오기 전에 잠깐 런던에 들렀거든. 네가 그곳에 없다는 건 나도 알고 있었지만 우리가 만나던 그 광장을 걸어가면서 나는 네가 예의 그 남색 재킷을 입고 주머니에 손을 찔러 넣고 나를 기다리고 있었으면 좋겠다는 생각을 했어. 땅을 보고 걸으면서 그 생각을 하다가 고개를 들었는데 꼭 그 많은 사람들 사이에 네가 있었던 것 같은 거야. 그래서 잠깐 환하게 웃었어. 나는 그날 너를 본 것으로 하기로 했어.

+82와 +1의 거리, 나는 그 어디쯤에 숨어서 너를 시끄럽게 그리워했지. 나타날 것도 아니면서 울리는 전화벨로 존재하다 결국은 부재했던 나에게 지구 반 바퀴는 감당하기에 너무 먼 거리이고 네 눈빛이라는 게 마주치면 결국 그 자리에 붙박이고 마는 것이라 내 부족함과 비겁함이 겹겹이 겹쳐 나는 못 본 척 빨리 걷는 방법을 택한 것 같아. 돌아보면 그 자리에 있을 시간들도 길을 등지고 방향을 달리 했으니 이제는 돌아볼 것이 없고 나는 더 이상 네게 부재로도 존재하지 않겠지. 보지도 않은 환영을 너라고 믿는 것은 비겁함의 전말이자 연장일 거야.

나는 곧 내 자리로 돌아가.

그곳에서 늘 네 자리에 있을 너의, 안녕을 빌게.

당신의 얼굴은 내게

옷장에서 나온 소녀 보도 콕스, 2013

한동안 봄이었는데 오늘은 하루 종일 비가 내리더니 흠뻑 젖은 도시에 다시 오한이 들었다. 다음 겨울까지는 볼 일 없을 줄 알았던 두꺼운 외투들과 털모자들은 다시 불려 나온 길 위에서 못내 피곤한지 아무데나 드러누울 듯 무겁게 늘어졌고 인적 드문 도시엔 맥 빠진 가스등 사이로 빨간 담뱃불만 어둠 속에서 빛났다. 때아닌 운무가 고층빌딩을 삼켜버린 명랑할 것 하나 없는 밤. 이런 식의 이별이라면 나는 너를 깨끗하게 잊지 못할 탐탁찮은 마지막이다. 떠나는 사람은 나일 줄 알았는데 네가 먼저 등을 돌려서 더 이상 서성임도 필요 없어진 서운하여 여운이 남는 끝.

떠나는 일과 헤어지는 일이 별일 아닌 마음으로 살고 싶었던 때가 있었다. 귀신처럼 불쑥 나타났다가 소멸하는 일을 반복하며 너에게 내가, 나에게도 네가 분명히 꾼 것 같은데 줄거리는 기억나지 않는 어느 피곤한 밤의 꿈처럼 느껴지길 바라면서.

그런데 자꾸 이별이 구차해지고 말이 길어지고 발끝이 느려진다. 이상한 좌표에서 더 이상 가지도 못하고 오지도 못하다가 결국 마지막 트램을 타고 돌아오던 텅 빈 밤. 그 겨울의 바르샤바. 마지막 씬.

이제 이별할 시간이야.

〈옷장에서 나온 소녀〉, 보도 콕스, 2013

　　나는 연중 해외 체류 기간이 꼬박꼬박 생기는 편인데 그게 오해의 소지가 좀 있다. 출장이나 유학처럼 정확한 이유와 목적이 있는 경우가 아니면 해외에 나가는 것을 여행 간다고 통칭하니까 나도 주변인들에게 "여행 갑니다"라고 말하고 나오기는 하지만 솔직히 나의 먼 외출은 여행이라는 단어를 감당할 만큼 대단하지 못하다. 딱히 새로운 경험을 쫓는 타입도 아닌 데다가 위대한 감상과 가슴 벅찬 감동을 느낄만한 흥분 인자도 없고, 느꼈다고 한들 그걸 여행 후의 일상에까지 끌어와 자양분으로 삼기에는 난 감정의 지구력이 그다지 좋은 편이 못된다.

　　여행을 떠나야 비로소 나를 만난다는 말이 정언명령처럼 받들어지는 요즘이지만 글쎄, 내가 집을 떠났을 때 만나는 새로운 나는 주로 헤매는 나, 경계 태세인 나, 모르겠으면 일단 웃고 보는 나, 생각보다 바디랭귀지 능력이 빼어난 나. 그 정도? 아마 그래서 20대 후반, 처음 이곳저곳 여행을 다니기 시작했을 때는 사진 찍기에 골몰했던 것 같다. 쇼핑을 열심히 하기에는 돈도 없고 거기에 딱한 취미도 없고, 박물관에 오래 있다고 한들 앎이 폭발하는 것도 아니고, 유럽 맥주가 아무리 맛있다고 해도 온몸을 알코올로 도배를 할 수 있는 건 아니니까 이렇게 저렇게 나름대로 최대한 멋지게 사진을 찍는 것으로 소일하며 여행의 생산성을 찾았던 게 아닐까 싶다.

그러므로 나는 알아주기를 당부하건대 대단히 자유로운 영혼도 아니거니와 당찬 호연지기, 혹은 기상과 기백으로 아침 일찍 일어나 씩씩한 발걸음과 함께 도시를 누비는 체력 좋은 탐험가도 아니다. 더욱 솔직히 말하자면 나는 오히려 심신이 다소 미약한 '쫄보'다.

◆━◇◆

이 글이 몇 번째 챕터로 수록될지는 몰라도 쓰는 순서로는 마지막이고, 그래서 지금 키보드를 두드리고 있는 곳은 (배신감을 안길까 봐 걱정이 되지만) 바르샤바가 아니고 독일의 프랑크푸르트다. 넘어와서 보니 프랑크푸르트도 물론 다이내믹한 매력이 있지만 지난 두 달여를 보냈던 바르샤바라는 도시가 가진 시각적 여유와 넉넉함이 대도시로서는 얼마나 가지기 힘든 특색이고 개성이었는지를 깨달아 더욱 그리워지는데 사실 바르샤바에 도착한 후 처음 며칠 동안 나를 거의 두문불출하게 만든 것도 바로 이 시각적 여유라는 것이었다.

지금에 와서야 여유라고 말하는 것이지 처음에는 도시에 웬 공터가 이렇게 많나 했다. 그만큼 보행자 도로의 폭을 넓게 확보하고 곳곳에 주차 공간을 마련해둔 탓이었는데 도심에서 나고 자란 나에게는 눈앞에 사람이든 건물이든 뭔가 빽빽한 것이 익숙한 풍경이기 때문에 바르샤바의 여유가 낯설고 그 낯선 여유마다 뭐가 있을지 몰라서 겁이 났다.

원래 좀 그런 편이다. 눈에 안 보이는 것, 빈 것에 대해서는 일단 겁이 난다. 그래서 한 일주일은 가뜩이나 낮이 짧은 유럽의 겨울인데 고집스럽게 해 떠 있는 시간에만, 그것도 잔뜩 긴장

한 채로 나다녔다. 그러다 이 영화를 만난 거였다. 〈옷장에서 나온 소녀(The Girl from the Wardrobe)〉. 특별할 것 없는 사람들의 사랑과 환상과 이별의 이야기. 무서울 것 없는 곳에서도 늘 사위를 무서워하는 나에게 이 영화는 이런 사람들이 있는 곳이라면, 어쩌면 마음을 놓아도 되지 않겠느냐고 물어왔다.

문을 열어 봐요

혹시 이 도시에 가게 되면 놀라지 않았으면 좋겠다. 바르샤바 아파트들은 복도들이 대체로 어둑어둑하다. 천장이 무척 높고 그에 따라 문도 커다랗고 육중하고 무거워서 집집마다 문이 닫혀 있으면 가뜩이나 어두운 복도엔 내 발자국 소리만 동굴처럼 공명한다. 내가 사는 곳은 복도 끝 작은 스튜디오였고, 왼편엔 내 또래로 보이는 젊은 아가씨가, 그리고 오른편엔 일렉트로닉 재즈기타를 연주하는 멋쟁이 할아버지가 산다는 건 나중에 알았다.

사람마다 정체를 알 수 없는 사람들에게 입히는 자기만의 가면이 있지 않을까? 이를 테면 곧 입사 첫날이어서 같이 일할 사무실 사람들이 어떤 사람들일까를 상상해볼 때라거나 새로 이사 갈 건물과 동네의 이웃들을 예상해볼 때 말이다. 아직 얼굴을 보지 못한 사람들에게 내가 손수 입히는 가면. 가서 직접 대면하고 이야기를 나눠보기 전까지 그 사람들은 내 상상 속에서 그 가면의 성정을 가진 캐릭터로 존재하게 된다.

아무런 사전 정보나 지식 없이 오로지 내 상상력에만 의존하여 만들어지는 그 가면은 어쩌면 내가 맨주먹과 맨발로 세상에 나갔을 때 세상이 나를 어떻게 대할지에 대한 내 상상을 반영하는, 그러니까 내 무의식이 생각하는 세상의 이미지를 담은 가면일지도 모를 텐데—만일 이것이 사실이라면 내 인생은 조금 애석해지고 만다— 다들 그런 가면 하나씩은 가지고 있지 않은지, 없다고 해도 잘 생각해보면 있지 않은지 궁금하다.

나는 하나 있다. 하나 있긴 있는데 늘 잔뜩 화가 나 있고 호시탐탐 나를 해치려는 것들이어서 생활에 별로 도움이 되지는 않는다. 예의 그 '쫄보'적 경향에 이것도 큰 몫을 한다. 숫제 다 사악한 인간들이 사는 사악한 지역일 것만 같아서 지나가는 사람들과 더욱 시선을 마주치지 않으려 노력한다. 시선을 주지 않으니 나를 쳐다보기는 한 건지, 그랬으면 그게 상상만큼 공격적인 빌런의 눈빛이었는지 뭐였는지 확인할 길이 없다.

나이가 쌓이니 경험치도 함께 쌓여서 처음엔 이렇게 겁을 먹게 되더라도 사람이란 존재가 정작 얼굴을 마주대하면 반가운 것이고 인사를 나누면 악의보다는 호의와 선의가 먼저라는 것을 알지만, 퀘스트가 바뀌고 또 바뀔 때마다 나는 여전히 발전이 없는 똑같은 선에서 출발한다. 늘 같은 시간에 잠기고 같은 시간에 열리는 옆집 문소리, 건물 입구에서 마주친 커플의 환한 표정, 집에 가기 싫어 마당에서 견주와 실랑이를 벌이는 나이 든 래브라도 리트리버의 귀여운 버둥거림을 보고 나서야 나 빼놓고 세상 사람 다 나쁜 사람 만들어버리는 이 어둡고 발칙한 상상력이 멋쩍어진다.

·✦·❧·✦·

그런데 나 같은 '쭈구리' 씨의 눈에도 〈옷장에서 나온 소녀〉의 여주인공 '마그다'는 상태가 훨씬 심각해 보였다. 그녀의 가면은 상상 속에서만 존재하지 않는다. 상상이 실제가 되어 눈앞에 등장한다. 마그다가 사는 아파트에는 한 층에 네 가구가 살고 있는데 그녀의 눈에 비치는 옆집 아주머니는 흉측한 이빨이 여럿 난 괴물이고, 앞집에 사는 형제는 얼굴 없이 걷고 말하는 마네킹이다. 마그다를 짝사랑하는 마음씨 좋은 경찰관도 그녀의 눈엔 나치 SS요원으로 보일 뿐이다.

그녀의 망막엔 세계가 이런 식으로 맺히다 보니 집 앞 식료품점에 다녀오는 짧은 길도 험난한 여정이 되고 만다. 운동장에서 축구하는 학생들은 철조망에 매달려 주먹을 휘두르며 마그다를 향해 고함을 내지르고—물론 환상이다—, 식료품점 주인도 괴물이긴 마찬가지여서 마그다는 잔뜩 움츠린 채로 코가 무척 긴 냉소적이고 흉측한 돼지에게 물건을 부탁하고 돈을 지불한다.

기괴한 현실이 먼저였을까, 대마초가 먼저였을까? 사실 집 안에서도 굳이 옷장 안에 들어가 꼭꼭 숨어 사는 그녀는 그 속에서 대마초를 피운다. 약기운이 퍼지면 옷장은 토끼가 뛰노는 초록빛 가득한 숲이 되고 마그다는 그 속에서 현실을 피해 안위한다. 그렇게 환상 속에 잠들었다가 축 처진 몸으로 일어나길 반복하며 마그다는 공포와 스릴러와 슬래셔가 난무할 것 같은 문밖 세상을 피해 황급히 집으로 도피하여 피난한다.

바깥에 무서운 것이 많으니 문이 닫히는 것은 쉽고 열리는 것은 어렵다. 같은 재질에 같은 두께로 문을 만들어놓아도 누군가의 문은 더 무겁다. 벨을 눌러봐도 답은 없고 두드려봐도 소용이 없을 거다. 오히려 겁만 더 잔뜩 주는 꼴인지도 모른다. 이럴 땐 뭐가 답이 될 수 있을는지. 밖으로 나갈 수 없다면 답은 안에 있을 수밖에 없다. 그래서 마그다는 안에서 소멸해버릴 작정으로 가스오븐을 켜둔 채 자살을 시도하기도 했다.

같은 재질에 같은 두께로 문을 만들어놓아도

누군가의 문은 더 무겁다.

얼굴을 만나면 웃어주세요

나는 아직도 새로운 도시에 가면 우선 지역 관광 지도를 본다. 목적지의 이름만 알면 내 손안의 '구글맵'이 가장 효율적인 경로를 분 단위로 재가며 알려주는 세상인데 종이 지도를 펼쳐서 '여긴 어디, 나는 누구'를 가늠하는 꼴이라니! 시대에 뒤떨어진 촌스런 여행객 같겠지만 관광 지도란 도시의 형태적인 특징을 부각시켜 단순한 선으로 시각화한 것이라 도시가 한눈에 들어오기도 하거니와 관광객의 주요 동선이 될 랜드마크들을 중심으로 그린 그림이기 때문에 주요 거점으로 형성된 도시의 자장 위에서 내 위치가 어디쯤인지 가늠할 수 있게 해준다. 처음 만나는 이 큰 공간과 나의 관계를 머릿속에 그려볼 수 있다는 점에서 이방인도 안정감을 느낄 수 있으니 이 정도 효과를 내는 건 관광 지도뿐이지 싶다.

도시 적응 미션이 걸린 여행 첫날엔 그 지도를 들고 가장 유명하거나 너비가 넓은 길을 따라 멀리멀리, 갈 수 있는 한 최대한 멀리 걸어본다. 요즘은 서울에 있는 것이 런던에도 있고, 런던에 있는 것이 파리에도 있고, 그게 이어지고 이어져 결국 바르샤바에도 있는 것이니까 큰길을 따라 걸으면 익숙한 상호의 가게들이 보이고 그러다 보면 긴장한 내색을 감출만큼은 마음이 편해진다.

도시가 익숙해질 때까지 그런 식의 큰 루트가 며칠이고 반복된다. 집에서 나와 구시가지를 거쳐 신시가지로 가는 길, 대형 마트 가는 길, 그런 식으로 아는 길을 산책하다가, 익숙해지면 방향을 가늠해서 공원을 가로지른다거나 호기심이 이는 길로 우회해보기도 하는 변주를 시도하는데 사실 그쯤 되면 도시는 더 이상 무서운 곳이나 낯선 곳이 아니게 된다. 도시의 윤곽을 두 발로 밟아보고 여러 우회로들을 탐색하며 그 안에 내 길을 채워 넣는 일. 그렇게 도시를 발견하고 알아가다 보면 싸고 맛있는 피자를 파는 베이커리, 흰머리를 길게 포니테일로 묶은 아저씨가 운영하는 작은 슈퍼, 근처 대학생들이 자주 오는 이탈리안 로스팅 커피를 파는 카페, 새침하고 무례한 서비스를 받게 되지만 그래도 음식이 맛있는 레스토랑 같은 단골이 생기고, 나를 알아보는 사람들이

생기고, 처음에는 한 번 오고 말 사람이려니 싶어 무뚝뚝했던 얼굴들이 웃기 시작한다.

그렇게 마주보고 웃는 사이가 되고 나면, 시답잖은 이야기라도 말을 주고받는 사이가 되고 나면, 그때부터는 더 멀리 갈 수 있다. 버스를 타고, 트램을 타고, 지하철을 타고 더 멀리! 그곳에도 그런 얼굴들이 있으리라 믿을 수 있으니까 더 커다란 도시를 만나러 간다.

◆◇◆

세상에서 소멸해버리고 싶어 했던 마그다에게도 다행히 마음을 붙일 구석이 생겼다. 주인공은 바로 앞집 남자 토마스. 실은 앞집 남자도 특별한 구석이 있는 사람이다. 늘 몸을 앞뒤로 흔들고 다니는 그는 언어이해력과 구사력이 전무해서 의사 표현을 말 대신에 감정만 담긴 의미 없는 괴성으로 하거나 벽에 머리를 찧는 행위로 하니까 사람들은 숫제 그를 어느 동네에나 꼭 한 명은 있다는 '동네 바보 형' 취급을 하지만 사실 그는 다른 사람들과 같은 공간에 있어도 다른 세계를 사는 사람이다. 그의 눈에 들어오는 세계는 하늘에 비행선이 줄지어 떠다니는 곳이다. 줄지어 떠다니는 비행선의 세상에서 그는 행복하다.

마그다와 토마스, 환상을 볼 줄 아는 남녀. 밖에서 마주쳤을 때는 얼굴 없는 마네킹으로 보여 두려웠던 그가 마그다의 집 문을 열고 그녀의 공간으로 들어서니 괴물의 형상이 아닌 진짜 '얼굴'을 가진 사람이 되었다. 그는 얼굴을 가졌으므로 마그다는 더 이상 그가 두렵지 않다.

◆━◆━◆

타인의 얼굴이란 묘한 것이다. 바르샤바 중심지에서 서쪽으로 멀지 않은 곳에 유대인 공동묘지가 있다. 유럽의 묘지는 개성만점의 다양한 묘비들이 세워져 있는 것으로 유명한데 이곳도 마찬가지다. 나란히 정렬한 다채로운 묘비들이 망자가 마지막 가는 길에 세상에 남긴 자신의 정신인 것 같아서, 돌이라도 빌어 끝끝내 지상에 남긴 망자 자신인 것 같아 아무리 예뻐도 사진에 담기는 무례하다고 생각하고 있는데, 역시 죽음이란 억울하다. 세상에서 제일 치사한 게 줬다가 빼앗는 거라고 했는데 한 번 태어났으면 영원히 살아야지 왜 나를 죽여.

생각의 꼬리를 따라 걷다가 어느 무덤 앞에선가 별안간 코가 시큰해져버렸다. 정확히 말하면 묘비는 아니고 납골함이었다. 사진 속에서 돌도 안 지났을 것 같은 갓난아이가 웃고 있었고 사진 주위로 부모가 꾸며놓은 듯 작은 하트 쿠션과 꽃, 그리고 아기 천사 석상이 놓여 있었다. 눈물은 왜 꼭 그 자리여야 했을까? 아이의 죽음이라 슬펐을까. 아이 엄마에게 감정이입이 되었던 걸까. 조금 더 걷다가 어떤 할아버지의 무덤 앞에서 이유를 깨달았다. 그것은 사진 때문이었다. 머리가 희끗한 할아버지가 개구지게 웃고 계시는 사진이 액자도 없이 널따란 비석 위에 헐벗은 듯 서 있었다. 또 다시 코가 시큰거렸다. '어이 젊은이, 여기 누워 있는 사람의 얼굴이요. 나요. 내가 여기에 있소.'

사진 속 얼굴을 보는 순간 망자의 실체는 너무나 구체적으로 살아난다. 그 명확한 존재를 모르는 척 지나치기에는 웃느라 휘어진 눈매가, 발그레한 볼이, 시간의 흔적인 주름이 사진 속 얼굴에 담겨 감당할 수 없이 산 채로 다가온다. 멋지게 깎아 내린 돌들과 그 돌에 새겨진 알파벳 몇 글자는 '그가 그곳에 있었다'는 과거 존재에 대한 사실만을 전달해준다. 글자로 전달되는 죽음 앞에서 우리는 숙연해질 수 있으나, 이제는 존재하지 않는다는 그 사람이 얼굴을 입고 다가오면 마치 살아 있는 사람을 보는 듯 그의 실제적인 존재감이 우리를 덮쳐와 이내 스러지고 말 것이다.

　타인의 얼굴이란 그렇게 강력한 것이다. 단지 스치듯 보는 것만으로도 당신의 존재가 내 안에 들어왔다가 간다. 스쳐 지나가는 많은 사람들 중에서도 나와 얼굴이 마주친 그들은 살아 있는 사람으로 찰나의 순간을 머물렀다가 간다. 문을 닫고 들어앉아 있으면 절대 알 수 없는 존재들의 향연. 살아 있는 시간 동안 눈을 감아버린다면 살아 누릴 수 있는 것들 중 어쩌면 가장 사랑스러운 것을 포기하는 일이 될지도 모른다. 우리의 시간은 짧다.

다행이다. 토마스의 얼굴이 마그다의 눈에 들어와서. 마그다의 옷장 속에 펼쳐지는 환상의 세계를 알아봐주는 그의 존재를 알게 되어 다행이다.

다행이다. 토마스의 얼굴이 마그다의 눈에 들어와서.

그 겨울, 바르샤바

그래서 이 영화는 환상을 보는 둘이서 행복하게 살았다는 해피엔딩으로 끝나느냐고 묻는다면 대답하기가 애매모호하다. 지병이 악화되어 고통만 남은 토마스를 데리고 마그다가 함께 자살하는 것이 엔딩이니까. 마그다는 잎이 긴 초록색 식물들로 자신의 방 안을 가득 채웠다. 세상에는 없지만 둘의 환상 속에는 존재했던 그 초록 숲을 꾸미고 두 사람은 그 속에서 눈을 감았다. 행복했던 둘만의 환상을 현실로 만들고 그 안에서 죽음으로써 환상을 영원에 붙박았다. 슬프지만 해피엔딩.

마그다와 토마스는 영화 밖에 있는 우리의 언어로 표현하자면 우울증 환자, 약물중독자, 지적장애인으로밖에 표현되지 않는 사람들이다. 그런 두 사람을 이 영화는 다르게 대우하고 있다는 점이, 그러니까 환상을 보는 미친 사람, 모자란 사람으로 보는 것이 아니라 보이지 않는 것을 보는 능력을 가진 사람들, 우리와는 다른 세계를 살 수 있는 사람들로 보았다는 것, 그리고 그들의 죽음을 도피나 패배가 아니라 그들이 행복할 수 있었던 환상을 영원히 누리기 위한 용기 있는 결단과 그래서 맞이할 수 있었던 해피엔딩으로 그려냈다는 점이 나를 두드렸던 것 같다.

이 도시는 이런 영화가 만들어지고 소비되는 곳이니 나도 괜찮을 수 있지 않을까. 너무 외로운 사람이 되지는 말라며 영화는 그렇게 사랑해도 좋을 도시로 나의 등을 떠밀었다.

◆❀◆

어부 '바르(Wars)'가 비스와강에 사는 인어 '샤바(Sawa)'를 사랑하여 둘의 사랑이 불멸에 새겨졌다는 이름 바르샤바. 눈 덮인 거리 위에 거푸 눈이 쌓이던 그 도시의 겨울에는 냉랭한 공기가 시려 털모자를 고쳐 쓰는 사람을 빤히 쳐다보다가 눈이 마주치자 고개를 슬쩍 돌려버린 새침한 담장 위 까마귀가 있었고, 지나가다 낯선 이의 손에 코를 부비며 인사를 건넨 인심 좋은 비글이 있었고, 한눈에도 폴란드 말을 몰라 뵈는 먼 나라 손님을 걱정해 바코드를 찍다 스리슬쩍 유통기한을 확인해준 점원 아주머니가 계셨고, 늘 비슷한 시간에 트램 티켓을 사 가는 제 또래 외국인 손님이 익숙해져서 달라는 말을 하기도 전에 개구진 웃음과 함께 티켓부터 내보이며 알은 체를 했던 털이 덥수룩한 청년이 있었다.

널찍한 건물과 널찍한 도로들 사이에서 서로 멀찍이 떨어져 사는 앙 다문 입의 사람들은, 어디서 불어오는지 모를 차가운 바람은, 드문드문 네온사인만 불을 밝히던 늦은 밤 텅 빈 거리는, 가까이 가서 보면 도시 곳곳에 설치되어 있던 작은 새 모이통처럼, 드리운 커튼 사이로 비치는 따뜻한 스탠드 불빛처럼, 마주 앉아 도란도란 이야기를 나누는 희끗한 노부부의 뒷모습처럼 따뜻했고 은은했고 살아 있어 아름다웠다.

◆━◈━◆

겨울이 유독 힘든 사람들에게 나는 살아 있는 모든 것들의 얼굴을 마주한 채 웃어보라고 말하고 싶다. 다른 얼굴을 마주하는 것이 짐이 되어 자기 얼굴만 들여다보게 되는 사람들에게, 그러다 어느 순간 자기 얼굴도 꼴 보기 싫어진 사람들에게 속는 셈 치고 한 번만 더 문을 열고 나가보라고 말하고 싶다. 그 겨울에 당신이 어디에 있었든, 끄나풀 하나 잡히지 않는 캄캄한 미래를 달래려 스스로를 괴롭히는 방법을 택해 뜻대로 자괴하고 있었든, 한순간에 바뀌어버린 낯선 인생을 생각하며 자는 아이의 얼굴을 들여다보고 있었든, 불면의 밤 끝에 차가운 해가 떠올라 거기에라도 의지해서 잠을 자보려던 이불 속에 있었든, 어디에서든 내쳐진 것 같아 꼼짝없이 당신 안에 숨어 있었든, 그러니까 그 겨울에 당신이 누구였든. 내가 당신이고 당신이 그이고 그가 저이이고 저이가 우리이고, 결국 우리는 우리이기에 이대로 우리 서로 마주치지 않는다면 외로워질 대로 외로워져 결국엔 사랑이 아니면 아무것도 아니라는 인생을 살았으나 살지 않은 것이 될 수 있으므로, 딱 한 번만 더 서로의 얼굴을 보고 웃어보자고 하고 싶다.

이것이 그 겨울 바르샤바, 차가운 공기 속 따뜻한 시간이 우리에게 들려주고 싶었던 이야기. 우리 너무 외로운 사람이 되지는 않기를.

처음 마음으로는 딱 두 달만 바르샤바에 머물 계획이었다.

문 열고 들어서면 환한 빛이 쏟아지던 스튜디오. 천장이 정말 높아서 설레는 마음에 폴짝 뛰어 손을 대보겠다는 장난기 가득한 뜀뛰기는 감히 엄두도 안 나는 높이였다. 빨간 로프에 매달아 천장부터 아래로 길게 늘어뜨린 노란빛의 전구들이 책상 위에 둘, 소파 위에 하나. 장식장에는 공항에서 일하는 에어비앤비 호스트가 어디선가 받은 것인 듯 폴란드 항공사 로고가 박힌 와인잔과 컵들이 가득했다. 와인잔이 장식장에만 있는 게 안타까워 테이블 위에 늘 와인을 챙겨두었다고 말하면 그건 비도 오고 기분도 그렇고 해서 그냥 걸었다고 했던 노래 가사 속 전화만큼이나 속이 투명한 핑계.

스튜디오에서 창밖을 내다보면 뜰이 있었고, 그 뜰을 앞마당으로 쓰는 정부 기관이 마주보고 서 있었다. 폴란드는 아침 여

덟 시에 출근해서 오후 네 시에 퇴근하는 게 일반이라 겨울이어서 아직 칠흑같이 어두운 새벽 여섯 시 반, 나는 이제 막 눈 비비고 일어나는 그 시간에 건너편 사무실에는 불이 들어와 있었다. 내가 모르는 누군가의 출근을 불빛으로 확인하고 다시 커튼을 내리고, 할 줄 아는 것이 스크램블드에그뿐이니 계란을 풀고, 우유를 붓고, 인덕션 온도를 높이고, 계란이 익는 동안 커피 마실 물을 끓였다. 계란 부치는 솜씨가 나날이 좋아지고 커피를 들고 초점을 잃는 시간이 점점 길어지기에 나는 내가 행복하다는 것을 알고 좀 더 오래 있어보자고 했다.

딱 2주가 걸렸다. 복도를 따라 들어와 키를 열쇠 구멍에 꽂고 오른편으로 돌리고, 그렇게 해서 문을 열고 스튜디오에 들어섰을 때 끼쳐오는 바람 속에 내가 섞여 있기까지. 그렇게 되기까지 딱 2주가 걸렸다. 그때쯤엔 이 도시도 나라는 신생의 발걸음을 괘념치 않았으니 우리의 낯가림은 겨울의 낮만큼 짧고 사랑은 그 도시의 밤만큼 깊었던 듯싶다.

먼 여행을 떠나 다시 집으로 돌아올 때면 나는 늘 돌아갈 길이 막막해서 울었다. 돌아갈 길이 막막해서 떠나야 하는 자리에 집착했다. 다시 돌아오겠다고 도시에 대고 말하는 일은 서울을 떠나고야 말겠다는 다짐을 다르게 말한 것일 뿐이었다. 처음이었다. 거의 두 달여를 바르샤바만 생각하고 바르샤바에 대해 써서 그랬을까? 나는 돌아갈 일이 막막해서가 아니라 나의 떠남의 시간에 도착하기 시작한 그 도시의 봄이 궁금해서 시린 손은 아직도 코트 주머니에서 못 나오고 있는데 발잔등만 아쉬워서 멈칫거렸다.

마지막 청소를 하고 그동안 사용했던 시트와 담요를 개켜 정리해놓고 나오는 길. 문이 철컹하며 잠길 때 그 겨울의 내가 영원히 그 안에 시간과 함께 잠겼다. 기억해주길. 머나먼 대륙을 가로질러 어떤 검은 머리의 여자가 와서 꾸역꾸역 종이에 글자를 채우고 그러다 울고 그러다 잠들고 그렇게 일어나 화들짝 놀라 썼던 글을 지우고 다시 쓰던 일들을. 종이에 채우는 글자가 많아질

수록, 설탕병에 가득 채워둔 설탕이 점점 동이 날수록, 그럴수록 마룻바닥에 구두가 닿는 또각또각 소리를 내가 얼마나 더 좋아하게 되었는지를.

나는 그렇게 돌아섰다. 돌아가서 돌아왔다 말해야 할 3월이 기다리고 있었다.

폴란드어 표기(괄호)

본문에 등장하는 영화의 제목은 국내 개봉작의 경우 개봉 당시 제목을 따랐으며 미개봉작의 경우 번역 후 영어를 병기하였습니다.

영화 제목과 감독 이름의 폴란드어 표기는 다음과 같습니다. (본문 언급 순)

포피에라비 마을의 영화관의 역사(Historia kina w Popielawach)

얀 야쿱 콜스키(Jan Jakub Kolski)

베네치아(Wenecja)

사랑받는 방법(Jak być kochaną)

행복한 아포니아(Afonia i pszczo ł y)

조안나(Joanna)

이다(Ida)

파벨 파블리코브스키(Paweł Pawlikowski)

그라니츠나 길(Ulica Graniczna)

'자유극장'으로부터의 도피(Ucieczka z kina 'Wolnosc')

보이체크 마르체브스키(Wojciech Marczewski)

안나와의 나흘 밤(Cztery noce z Anna)

크쥐시토프 키에슬로프스키(Krzysztof Kieślowski)

예르지 스콜리모프스키(Jerzy Skolimowski)

옷장에서 나온 소녀(Dziewczyna z szafy)

보도 콕스(Bodo Kox)

스틸컷 출처(괄호)

20쪽, 30쪽, 40쪽 포피에라비 마을의 영화관의 전설(rarefilmfinder.com)

37쪽 (위)빅 피쉬(imdb.com),

　　　(아래)포피에라비 마을의 영화관의 역사(fototeka.fn.org.pl)

62쪽 (위)재와 다이아몬드(imdb.com), (아래)행복한 아포니아(cda.pl)

65쪽 (위)조안나(culture.pl), (아래)사랑받는 방법(imdb.com)

70쪽, 79쪽 베네치아(imdb.com)

98쪽, 108쪽 이다(imdb.com)

128쪽, 142쪽 '자유극장'으로부터의 도피(imdb.com)

158쪽 (위)택시 드라이버(imdb.com), (아래)사랑에 관한 짧은 필름(imdb.com)

161쪽 (위)그녀(imdb.com), (아래)안나와의 나흘 밤(film.wp.pl)

166쪽, 180쪽 안나와의 나흘 밤(fdb.pl)

200쪽, 203쪽, 212쪽, 218쪽 옷장에서 나온 소녀(fdb.pl)

사진 설명

4쪽 단골 카페 창문에서 본 구시가지

12쪽 눈 내린 문화과학궁전

25쪽 폴란드의 멀티플렉스 영화관 '시네마시티' 내부